5年级
上学期

快乐读书吧·整本书阅读丛书

中外民间故事

高杨 编

人民文学出版社

图书在版编目（CIP）数据

中外民间故事 / 高杨编. -- 北京：人民文学出版社，2025. --（快乐读书吧·整本书阅读丛书）. -- ISBN 978-7-02-019306-6

Ⅰ. I17

中国国家版本馆CIP数据核字第2025GH4426号

责任编辑　于　敏
装帧设计　黄云香
责任印制　张　娜

出版发行　人民文学出版社
社　　址　北京市朝内大街166号
邮政编码　100705

印　　刷　河北环京美印刷有限公司
经　　销　全国新华书店等

字　　数　111千字
开　　本　710毫米×1000毫米　1/16
印　　张　12.25　插页1
印　　数　1—6000
版　　次　2025年6月北京第1版
印　　次　2025年6月第1次印刷

书　　号　978-7-02-019306-6
定　　价　29.80元

如有印装质量问题,请与本社图书销售中心调换。电话:010-65233595

出版说明

阅读是帮助人获取知识、培养正确的价值观、提高审美水平、提升核心素养的重要手段。有鉴于此,阅读及"多读书,读好书"也成为近些年教育改革和课程改革的关键词。2017年9月起在全国中小学陆续启用的义务教育阶段统编语文教材,专门设置了"快乐读书吧""名著导读"等模块,教育部2022年印发的新版《义务教育语文课程标准》,则将"整本书阅读"学习任务群作为课程设置的重要内容,鼓励学生按学段分阶梯进行整本书阅读,养成良好的阅读习惯,提高整体认知能力,丰富精神世界。

小学阶段是成长的关键时期,也是价值观培育和阅读能力培养的关键时段,为配合国家部署,将新版义务教育语文课标和近些年教育界倡导的整本书阅读理念落到实处,我社结合自身专业优势,在已出版的主要供初中阶段学生使用的"名著课程化·整本书阅读丛书"之外,策划推出了这套供小学阶段学生使用的"快乐读书吧·整本书阅读丛书"。

丛书收书30多种，以小学统编语文教材"快乐读书吧"模块建议阅读图书及新版《义务教育语文课程标准》建议在小学阶段进行"整本书阅读"的图书为基础，另听取权威专家建议，适当补入部分其他经典名著名作，体裁涵盖童谣、儿歌、神话传说、民间故事、寓言、小说、诗歌、散文、科普创作等多种。

丛书立足我社优质版本资源和编校力量，精选精编精校，力争为小读者奉上值得信赖的口碑版本。另为帮助孩子们提高阅读兴趣，读有所思、所得，我们延请具有丰富教、研经验的一线名师，结合不同学段学生的普遍接受能力及不同体裁作品的特点，对每本书进行了整本书阅读设计与指导，希望这套书因此更加好用、实用。

统编语文教材总主编温儒敏教授曾说："整个语文教育的改革，可以归纳为四个字——读书为要。培养学生读书的兴趣、读书的习惯，使之成为一种良性的生活方式，提升各方面素养。"希望这套书能给孩子们提供阅读保障，助力语文教育。

人民文学出版社编辑部

2022年8月

目 录

外 国 篇

写在前面的话

　　小时候,游览颐和园长廊,老师会给我们讲长廊上画的历史故事、民间故事、名著故事。这些故事,在我的头脑中经历了岁月与人生的洗礼后,盛开出一朵朵饱满的花。现在,我不仅在颐和园长廊给我的学生们讲这些故事,还把它们写出来,把这些有趣的传说讲给你们听。这些故事有中国的,还有外国的;它们不仅仅是故事,还包含了世界各民族朴素的生活理想与审美情趣。

　　你们可知道民间故事为何有如此大的魅力?

　　在人类起源与发展的最初,还没有出现文字的时候,人们就开始讲故事了。你讲给我听,我讲给他听,上一代讲给下一代听,代代相传,生生不息。这些故事记录了人们面对自然的勇气,对待他人的友爱,正视自己的反思……既有对美好品质的赞美,也有对丑恶行为的鞭挞,是无数代人的文学启蒙和精神寄托。而且这些故

001

事在流传过程中并非一成不变，而是随着时代、地域的变化而发展变化着。

民间故事中充满了联想与想象，常常通过托物咏怀、拟人、象征等手法，表现人们的喜怒哀乐。民间故事中的自然现象，如日月星辰、山川鸟兽、草木鱼虫，皆通人性。有的是以美丽的幻想来解释自然现象，有的是以人类世界来推想自然世界，还有的是借自然世界来反映人间的悲喜剧。比如《白蛇传》里钻进螃蟹肚子里的法海，并非是当时的人用来解释螃蟹横着走的生物现象，只不过是人们同情处境不幸的青年男女，编出故事来表现他们反抗压迫、争取自由的强烈斗志和美好意愿罢了。民间故事中的动物世界和人类世界是打通的，动物可以是人的朋友，甚至可以幻化成人，与人结友，助人除恶。比如《鹿姑娘》中的仙鹿，面对权财诱惑毫不动心，最终帮助罕力毛战胜了王爷。鹿姑娘把人们心目中东方女性的美好品德体现得淋漓尽致。作品又通过鹿姑娘的形象，塑造了牧民小伙子英勇无畏的英雄形象。

民间故事之所以引人入胜，还因为作品中常出现一些离奇的情节和形象：喝了仙汤而飞升上天的驴子、心存贪念而被魔法惩罚的富太太、悲伤过度而将长城哭塌的孟姜女……这些奇妙的艺术想象，是历经生活苦难后的人们对强大力量的渴求在艺术作品中的体现。

千百年来民间故事在民众间口耳相传。新时代以来民间故事的传播途径发生了变化,从口耳相传变为书面表达,从面对面讲故事变为网络点播,有的还被改编成了动漫和影视作品,比如电影《哪吒》就取材于民间故事。这些作品并非一味重复古老的故事,而是将时代特点和当代人的精神风貌融入其中。通过这些故事,你不仅能看到本民族、外民族的历史,也能反观当下,展望未来。

本书重新整理了16篇中国民间故事、12篇外国民间故事,用口语化的表达方式和适合儿童心理与认知的接受形式,带你走进民间故事的文学世界。这些脍炙人口、流传久远的经典民间故事,有的情节跌宕起伏,引人入胜;有的人物性格鲜明,令人难忘;有的结局出人意料,耐人寻味……本书还特意设计了阅读交流等特色栏目,希望可以帮助你深入阅读,打开视野,拓展知识。

附几张我在颐和园长廊拍摄的照片(见下页),你能猜出来这是哪几篇民间故事吗?

照片一

照片二

照片三

中 国 篇

仓 颉 造 字

大约在五千多年前,相传有个长了四只眼睛的人,名字叫仓颉(cāng jié)。黄帝欣赏他的才能,让他做了左史官,负责管理、记录部落里牲口和粮食等诸多事务。

四只眼的仓颉天资聪颖,做事又认真负责,很快就熟悉了所管牲口和粮食的品种和数量。当时既没有文字,也没有纸和笔,人们用在绳子上打结的方式来记事。可是绳子的样子都差不多,记录起来总是容易混淆。仓颉就希望能找到一个好办法,彻底解决记录的问题。

仓颉发现,有一个老猎人总能比别的猎人打到更多的猎物,每次他的计数都是最多的,他很好奇,于是去请教老猎人:"请问,您是怎么发现猎物的?"

老猎人呵呵一笑,说道:"这个简单,你看那地上野兽的脚印,

每种动物都有它自己的足迹,你循着足迹,就会找到猎物。"仓颉听后恍然大悟:对啊,不同的脚印能代表不同的动物,那么我们也可以借助这样的符号来代表事物啊。他高兴地回去,开始琢磨设计起各种符号来了。

古画中的仓颉

仓颉的眼睛非常厉害,他仔细地观察人的身体,把人体的器官、四肢甚至动作都设计成各种符号;又观察大千世界,看到鸟儿在沙地上留下的足迹,便把鸟迹和龟纹结合起来,创造出了很多符号;观察天上的日月星辰的轨迹,根据斗转星移创造出各种符号……渐渐地,这些符号在人群中推广开来,有了这些符号,人们记录东西就方便多了。又经过漫长的岁月后,这些符号在使用中不断地组合、增加,慢慢就形成了文字。从此,人间的生活劳动都借助文字得到了较好的记录,天底下的故事和道理也借由文字传播开来。

神农尝百草

女娲、伏羲(fú xī)之后，不知又过了多少年，出现了一个太阳神炎帝。他是南方的天帝，和兽身人脸的火神祝融共同治理着南方一万二千里的地方。炎帝身长八尺七寸，声音如洪钟，额头像座山，眼睛如铜铃般大，胡须似茂密的灌木丛。因为他的部落居住在炎热的南方，大家就称他为炎帝。

上古时期，人类社会生产力极其低下，科技水平几乎为零。没有今天的高楼大厦，更没有电灯电话，人们使用的工具非常有限，生存条件很恶劣，不会种植庄稼，可吃的东西很少，主要靠捕猎、打鱼、采摘野果为生。大自然中能吃的植物和有毒的植物杂长在一起，人们分不清哪个能吃，哪个不能吃，一旦吃到了毒果子，幸运的话生一场大病，倒霉的恐怕小命就没了。人类如果想要活下去，首要任务就是——找吃的！

炎帝这个人可不简单，当上部落首领后，他带着自己的部落打败了蚩尤（chī yóu）部落，老百姓都服他。为了让自己的部落生活得更好，他绞尽脑汁地帮部落百姓找能吃的植物。这一天，炎帝无意中看到一只鸟叼来种子喂一只老鸟，他灵机一动：这种子鸟能吃，说明它无毒，人自然也能吃；如果我也能找到这类种子，把这种子多多种植，岂不就不用四处去觅食了？大家能吃到自己种出来的粮食，就不用再挨饿了啊。于是炎帝叫人找来鸟类和兽类常吃的几种植物，一一试吃，从中挑出适合充饥的，然后找到它们的种子，和部落百姓一起种植。他们仔细观察植物生长的规律，按照时节播种，很快大家就吃上了自己种的粮食，饿死的人数一下就减少了。他们种出来的这些粮食就是后来的五谷。部落百姓解决了吃饭问题，非常感激炎帝，尊称他为神农氏。

人吃五谷杂粮，哪能不得病？种植粮食只能解决温饱，不能解决生病的困扰。远古时候，医学还没有萌芽，人生了病，也不知道用什么药医治，就只能听天由命。有一天神农撞见一头小鹿，被一条毒蛇突然蹿出来咬了一口，跪倒的小鹿衔下身边的一片草后，竟然很快站了起来，一瘸一拐地离开了。神农惊讶极了，这种毒蛇毒性特别强，人被咬后不久就会丧命，小鹿吃了草叶后能站起来，说明有些草叶是有神奇的功效的。于是神农决心尝遍所有的植物，找出能治病的药草。

神农一路走一路寻。这天，他对着挡在面前的悬崖峭壁沉思起来:怎样才能翻过这座峭壁呢? ——后来人们把神农停下沉思的这个地方叫作"望农亭"——神农在这里待了很久很久也没有想出办法,他太过于专注,一连几天一动不动,以至于身上结了蜘蛛网都不自知。一只蜘蛛顺着蛛网爬到了神农的指尖,神农脑子里顿时一道灵光闪过:蜘蛛沿蛛网爬行,我们也可以做一个蛛网啊……有了! 他立刻把部落百姓喊来,叫他们来看这蛛网的样子,然后开始砍树,割藤条,搓绳子,用绳子绑紧木头,靠着山崖搭成架子。他们从天刚亮搭到天漆黑,从春暖花开搭到飞雪结冰,从晴空万里搭到狂风暴雨,没有一天停过工。就这样一层又一层,一年又一年,整整搭了一万八千层才搭到山顶。神农搭的这种架子特别结实,后来人们生活中使用的梯子,今天建筑工人盖楼房用的脚手架,就是沿袭了神农搭架子的办法。

神农带着臣民,顺着攀岩架子,终于上了山顶了。这是一处从未被人类发现过的奇妙的世界,到处都是没见过的奇珍异草。神农惊喜万分,他叫部落的臣民帮他采摘花草,很快就收集了大量的种类繁多的植物。他将这些植物按照外形整理,一一品尝。有一天,他拿到了一片嫩嫩的小叶子,立刻将这小叶片放进口中,这叶子的味道是他从前未曾尝过的,嚼后满口余香。咽下去,叶子滑入肠胃,整个人顿时神清气爽。神农给它取名叫"查",这就是今天我们所说的"茶"。

还有一次,神农发现有一朵蝴蝶模样的淡红色小花是他之前

007

没有见过的，这花味道甜滋滋的，还带着扑鼻的香味。入口后甘甜清凉，这股甘甜顺着喉咙淌下去，竟然能止住咳嗽，神农大呼惊奇。一连几日，神农每每咳嗽，都用这神奇的小花镇咳。这朵小花就是我们今天止咳常用的一味中药——甘草。

这是尝新行动中愉快的部分，有时候可就没那么幸运了。这天，神农刚刚把一棵草放到嘴里，霎时感到天旋地转，重重地摔倒在地。大伙儿慌忙跑过来，扶他半坐起。只见神农"啊啊"地已经说不出话来，只是用手指着面前一株红亮亮的草。众人不知他何意，惊慌失措中神农的身边人把那红草放到嘴里嚼了嚼，喂到神农嘴里。神农咽下了红草，很快头不昏了，能说话了。原来这红色的草有解毒的灵效。神农每次一吃到毒草，就立刻服下这红色草解毒，然后毒物就会从体内排出。大家把这种神奇的红色的草称为"灵芝草"。

为了在这里为老百姓找医药，神农带领大家用搭木架子的方法圈出了城墙，把猛兽挡在了外面，一住就是很多年。白天，烈日下他在山上采摘花草，挨个品尝；晚上，他就着月光把白天的收获细细地整理记录。大家

古画中的神农

按照神农的记录，了解了成百上千种植物的味道、性能，哪些是能吃的，哪些是有毒的，哪些能充饥，哪些能医病，都一清二楚。大家都很感激神农，把神农住的这个地方称作"木城"。

就这样，神农每天不辞辛苦地尝试新草、整理记录，为天下百姓医病。为了纪念神农尝百草、造福人间的功绩，后世的人们就把神农架木为梯、采尝草药的这一片森林，命名为"神农架"。

介子推和重耳

春秋年间,五霸之一的晋国传到了晋献公的手里,之后晋献公的强势武力扩展,使国势日益强盛,晋国迅速发展,成为雄踞一方的霸主。可惜的是英雄难过美人关,晋献公过于宠爱骊姬,使骊姬私心膨胀,一心想让自己的儿子奚齐做太子,日后继承王位。但是王后齐姜的三个儿子均勤奋忠厚,深得大家的喜爱,且都已经长大成年,王位怎么也轮不到奚齐呀。骊姬于是一不做二不休,施毒计逼死了太子申生。王后的二儿子重耳听到这个消息后,惊慌得六神无主,不知所措。

"快点逃跑吧,这里不能待了!骊姬已经害死了您的哥哥,她是一定不会放过您的。"重耳的臣子苦苦相劝。

"可是我们能逃到哪里去呢?晋国这样强大,谁敢收留我们和晋国作对呢?"重耳愁眉苦脸道。

"跑，就有一线希望；不跑留在这儿，是死路一条。申生就是最好的例子。"重耳不再犹豫，和他的忠臣们连夜逃出晋国，开始了流亡的生活。

他们一路颠沛流离，果然没有国家肯伸出援手收留他们。他们身上带的财物原本就不多，无论怎样节省，随着时间的推移，越来越少，日子越过越清苦，很快他们就陷入了山穷水尽的绝境。

重耳绝望地仰天长叹："天下之大，竟然没有我等的容身之处！"后来他们饿着肚子躲进了深山中，靠采摘野菜和果子充饥。野菜和果子怎么能吃得饱呢？堂堂一个大国的公子，平时锦衣玉食惯了，哪吃得了这样的苦！没多久，重耳便饿得头晕眼花，一头栽倒在路边。

大家手忙脚乱，赶紧扶重耳躺好，有人拍着他的脸大声呼唤，有人赶紧煮起野菜汤。"公子这是太久没有吃到粮食和肉了！"人群中有人小声议论着，"我等如此破釜沉舟，为的是保护公子日后回国，不让奸人当道，争得王位东山再起。倘若公子此行出了意外，晋国从此也就彻底失去了希望，这可如何是好？"有人转头，抹起了眼泪。"唉！再这样下去，可能撑不到逃亡结束了。"

重耳手下有一个叫介子推的臣子，看到这一切，心里非常不是滋味。"必须让重耳活下去，重耳活下去，晋国才有希望。"介子推想，"可是眼下重耳已经饿得要昏过去了，哪有时间等大家去找到肉呢？！"于是他把心一横，退到一旁，拿出刀咬紧牙关，对准自己的

大腿就是一刀;再一使劲,竟然从腿上割下一块肉来,鲜血顿时喷涌而出。介子推强忍剧痛,把肉递给同伴后便晕了过去。大家都惊呆了,不敢耽搁,赶紧把肉和野菜混在一起煮熟,一口口喂给重耳吃了。重耳喝了肉汤,慢慢恢复了元气。

　　醒来的重耳看着受伤的介子推,感动得涕泗横流。他拉着介子推的手说:"割股啖君的恩情永生难忘。"刚在鬼门关里走过一遭的介子推听了重耳的誓言,也握紧了公子的手。

　　晋公子重耳的逃亡,持续了十九年。冬去春来,寒来暑往,这些随从始终忠心耿耿地跟着重耳。终于等来晋国的晋怀公继位。按辈分,他得叫重耳一声伯父。晋怀公和秦穆公的矛盾特别深,秦穆公为了控制晋国,打算帮重耳夺取君位,于是派人四处打听。听说重耳逃亡到了楚国,立刻派人去楚国接他。"这是一个绝好的机会啊!"臣子们赶紧给重耳出主意,"我们现在势单力薄,想要回晋国,就得有他人相助。如果我们和秦穆公联合,那公子回晋国就指日可待了!"重耳于是来到了秦国,娶了秦穆公的亲戚,和秦国结上了姻亲。

　　后来重耳带着秦穆公支援给他的军队,一路杀回晋国,登上了王位,就是历史上有名的国君"晋文公"。晋文公登上王位后立刻下旨,重赏陪自己十九年来一起逃亡的那些人——封了官职,还赏了土地和财宝。

　　也许是因为介子推平日里太过于沉默寡言,也许是因为晋文公国事缠身,难免百密一疏,总之他的封赏偏偏漏掉了一个人——在他饿得奄奄一息之时,割自己大腿上的肉给他吃的介子推。

封赏榜文足足写了几页纸那么长,老百姓围观着,啧啧称叹。介子推也在人群里,他把长长的榜文从头看到尾,并没有找到自己的名字。他一声不吭,平静地退出人群,回家收拾起东西,决定躲进深山,从此不问尘世,过隐居的生活。

他的老母亲非常不理解,问他:"你对国君有救命的恩情,他只是一时忘了而已,你为什么不去求国君赏赐呢?"

介子推平静地说:"既然他已经忘记往日的誓言,我又何必强提?"

老母亲还是不放弃地追问:"那让国君了解一下你现在的情况也未尝不可啊,你何必这样苦着自己?"

介子推淡然道:"为天下苍生,我割肉啖君。如今天下已定,我留下又有何意义?"见介子推心意已决,母亲也就不再相劝了。于是介子推背着自己的母亲一起躲进了深山中,自此之后,再没有人见过他们,他们再未出现在世人面前。

介子推的朋友们知道这件事后,都替他感到不平,他们在晋文公的宫门前挂了一条字幅,大意是:龙离开家的时候,曾有几条蛇帮扶他。龙饿得不行的时候,一条蛇割肉帮了他。如今龙已经回到水渊中,几条蛇也都各自进入了自己的屋宇,唯有一条蛇独自哀怨,始终没有找到自己的住所。

　　这晋文公何等的聪明,立刻想到有人在点醒自己封赏有所遗漏,可是漏了谁呢? 他陷入思索,不多时便恍然大悟道:"真是该死! 我竟然忘记了介子推!"于是急忙派人去找,却发现介子推早已不见踪迹。晋文公于是下旨,找到介子推的人受上赏,提供介子推消息的人受下赏。前来提供线索的人络绎不绝,宫门前门庭若市,很快,晋文公就知道介子推躲到了绵山树林里。

　　晋文公为了弥补自己的错误,亲自带着人马声势浩荡地来到绵山脚下,要请介子推下山。然而介子推心意已决,无论晋文公的手下如何喊山哀求,都不为所动。一连几日不见介子推的身影,晋文公不甘心,遂派人搜山。为了躲避晋文公的搜寻,介子推躲了起来。这可把晋文公难为住了,手下有个人出了个主意:"不如放火烧山吧,这火势一大,介子推无处可躲,不出来也得出来了!"晋文公也想不出更好的办法了,于是下令:"速速点火。"森林之火熊熊燃起,滚滚浓烟黑压压地布满天空。大火一连烧了十几天,依然没有介子推的踪迹。等到火焰熄灭后,晋文公再次派人上山搜寻,发现介子推与他的母亲合抱着一棵大柳树,已经被烧死了,柳树的枝干都被烧焦了。晋文公见烧死了自己的救命恩人,不禁失声痛哭。他命人厚葬了介子推母子,并将这段烧焦的枝干带回宫中,用它做了一双木鞋,每当他想到介子推时就看着脚下的鞋叹道:"悲乎,足下。"——"足下"一词由此传开来,后来成为下级对上级或同辈的敬称。

此后很长一段时间,晋文公沉浸在悲痛之中,他不仅为介子推立庙祭祀,还下令全国:以后每年的这一天,百姓都不能生火做饭,城中乡下都不可以见到火星。以此来寄托自己对介子推的哀思。介子推被烧死的那天是三月五日,由于不能生火做饭,大家在这一天只能吃冷食,这一天就被称为"寒食节"。

吃冷食的第二天,人们惊奇地发现,介子推怀抱的那棵大柳树,枝头上竟然萌发出嫩嫩的新芽,在一片焦黑的死寂中,这点点的绿色透着希望。这一天,被后人称为"清明"。清明节是人们亲近自然、踏青游玩、享受春天乐趣的日子,是中华民族礼敬祖先、追念前贤的文化传统节日,也是我国传统的二十四节气之一。

勾 践 灭 吴

春秋年间,越国和邻国吴国多次发生冲突,两国结下很深的怨仇,经常发生战争。有一次越王勾践听说吴王夫差(chāi)夜以继日地操练军队,准备攻打越国,就想先发制人,抢在吴国发兵之前先去攻打他。

越王手下有个大臣名叫范蠡(lǐ),劝阻越王道:"您不能先去攻打吴国。发动战争会殃及无辜,死伤无数,会遭到上天的惩罚的。"可越王勾践年轻气盛,哪里听得进去劝,最终还是发兵攻打吴国了。吴王夫差派出全部精锐部队迎击越军,把越军杀得溃不成军。越王领着五千名残兵败将退守会稽山,吴王夫差乘胜追击,将会稽山重重包围起来。

被围困的越王勾践悔恨地对范蠡说:"都怪我,没听你的劝告,以致落到这个地步。现在该怎么办呢?"范蠡叹了一口气说:"看来只有忍辱负重、等待时机了。大王可以派人给吴王送去丰厚的礼物，请求讲和。如果他还不答应的话，您就只能把自身作为抵押，亲自去侍奉吴王，再见机行事了。"

勾践想了想，听从了范蠡的建议，派士大夫文种去向吴王求和。文种是一个非常聪明的人，他对越王说："吴国的太宰伯嚭（pǐ）贪财又好色，我会给他送去厚礼，关键时刻可以请他帮帮忙，多说几句好话。"

文种来到吴国，跪在吴王面前，磕头道："君王，您的亡国臣民勾践托我请求您允许他做您的奴仆。"吴、越争战多年，而今越国使臣竟然如此低三下四，越国的君王也即将成为自己的奴仆，这令吴王心中大喜，他准备答应文种。吴王手下有个谋士叫伍子胥，性情刚正，他对吴王直言道："上天把越国赏赐给了吴国，现在可是您吞并越国最好的时机，千万不要答应他的请求。"

文种赶紧给夫差又磕了几个响头说："如果大王您能够饶恕勾践的罪过，越国就会把世代相传的宝物全部送给您。假如您不能饶恕的话，勾践只有杀死妻子和儿女，烧毁全部宝物，率领五千名将士与您决一死战了。如果这样的话，恐怕就是两败俱伤，您也要付出相当大的代价的。"

吴王听罢，决定答应文种的要求。伍子胥强烈反对，他说："如果现在您不灭越国的话，以后您会后悔莫及的。越王勾践是贤君，文种、范蠡都是良臣，如果让勾践返回越国，将来一定会成为吴国

的心腹大患。"

吴王看看文种，又看看伍子胥，举棋不定，最后决定放文种回去，让勾践到吴国来做人质。于是，勾践装了一车宝物，挑选了三百多个美女，流着眼泪前往吴国。临行前，文种安慰勾践道："以前商汤被关在夏台，周文王被关在羑（yǒu）里，后来都成就了王业；齐桓公曾逃亡莒（jǔ）国，晋文公曾逃往翟（dí）国，后来也都霸业大成。人不怕吃苦，怕的是没有志向，您暂且忍耐，国内我会代大王治理的。"

勾践到了吴国，光着上身，跪在台阶上觐见夫差，他的妻子跪在后面。勾践向吴王讨饶道："臣子勾践，不自量力，得罪大王，罪该万死。感谢您的赦免，能当您的奴隶，我心中十分感激。"

夫差看到曾经不可一世的越王此时跪在自己面前俯首称臣，根本听不进伍子胥的任何劝阻了。他安排勾践夫妇住在他父亲墓旁的石屋里，一边守墓，一边管养马的贱事。

从此，越王勾践脱下了华服，换上马夫的衣服，一天到晚地喂马、锄草和打扫。他的夫人也整日蓬头垢面，做打水、除粪、扫地、清理垃圾等奴仆的工作。他们生活得很苦，吃得很差，却不说一句埋怨的话。时间久了，一声不吭、任劳任怨的勾践，让夫差渐渐动了恻隐之心。一天，夫差看到勾践夫妇在马粪边忙得气喘吁吁，越国的臣子范蠡则恭敬地在一旁服侍着，他啧啧称赞道："沦落到如此地步，还不忘君臣的礼节，了不起啊！"

没过多久，夫差突然得了重病，卧床不起，城中名医的药开了一副又一副，就是不见好转。

范蠡对勾践说："大王，机会难得啊！大王若肯请求尝他的大便，夫差兴许能放您回去。"

勾践生气地拍桌子道："呸，亏你想得出来！他平时侮辱我，我已经一忍再忍！这尝他粪便的事，他自己儿子都干不出来，我贵为一国之君，又怎么能做？这太不像话了！"

范蠡劝他道："正因为别人做不出来，您若能做到，才能体现您的忠贞不贰。以前纣王把文王关在牢里，杀掉文王的儿子，熬成汤送去给文王吃，文王还不是吃了？忍一时才能笑一世。要做大事的人，不能计较小的得失。"

见勾践还是不语，他"扑通"一声跪倒在勾践面前："您就算不为自己着想，也要为越国的百姓想想！为了越国的黎庶不做亡国之奴，您就听臣一次吧。大王只有保命回国，才可能东山再起啊！"说罢，咚咚咚地磕起头来。

勾践长叹一声，上前扶起范蠡，泪流满面道："寡人听你的便是。"说罢忍不住悲愤地号啕大哭，拼命地拉扯自己的头发。

第二日，勾践带着范蠡去探望夫差。勾践跪在床前，一边哭一边说："听说您生病了，我难过得心肺都要烂了。罪臣范蠡家九代行医，我把他带来给大王诊治吧。"伍子胥拔刀想上前阻止，夫差有气无力地说道："无妨，就让他试试吧！"范蠡毕恭毕敬地给夫差把

019

起脉来,大概有两炷香的时辰,范蠡起身,作了揖说道:"大王是否感觉肚子胀痛、肢体乏力、尿频量少?"

一旁的伯嚭连忙搭话说:"神了,与大王的症状分毫不差。"范蠡不慌不忙道:"罪臣有一绝技,说出来大王可能不信。"

"无妨,说来听听。"夫差说道。

"夫便,人之腹生物。便有五味,识其味,可知腹部病患。大王病患正是在腹部,如果能使亲近之人尝尝大王粪便的味道,告知罪臣,臣根据便味,只需一味药,便可药到病除。"

语音一落,吴王寝宫里顿时寂静无声,大家你看看我,我看看你,谁也不想跳出来说要尝吴王的粪便。一瞬间,气氛十分凝重。吴王刚要发飙,但是他的腹部一阵抽搐地疼痛,让他说不出话来。只是用手势,示意侍卫快取便盆。吴王解完大便,侍卫把便盆端出,寝宫里的人,平日里毕恭毕敬、唯命是从,此时一个个都想掩住口鼻,强忍痛苦的神色。突然,越王勾践高声说道:"罪臣勾践,请求为吴王尝便!"

吴王摆摆手,说道:"不必了。"这寝宫里的几十个人,谁没有信誓旦旦过,口口声声说要为大王做一切事,愿为大王去死?可是此时此刻,一泡屎让众人的誓言不攻自破。

勾践何等聪明,从夫差面容上读出他内心的复杂情绪,立刻高声说道:"大王仁心天下第一!宁可自己深受疾病苦痛,也不愿强求别人尝便,这是何等的仁义啊!大王的贵体,是天下苍生的贵体,为大王尝便,救的是天下黎民啊!罪臣愿意为天下苍生,尝大王粪便!"

几句话说到了夫差的心里,都说关键时刻看清人,夫差突然有些庆幸自己没有听从伍子胥的建议除掉勾践。他摆摆手,默许了勾践的尝便请求。

勾践迎着便盆跪了下去,拜了三拜,用手蘸了粪便,放到嘴里尝一尝,面容没有一丝变动。范蠡急忙问道:"大王粪便何味?"

勾践沉稳答道:"粪便奇臭,酸中带腐。不知福祸。"范蠡脸上立刻现出笑容,说道:"恭喜大王,并无大碍。罪臣开出一剂方子,大王吃三天,排出体内腐物,贵体便可复原。"其实此时正值春夏换季,范蠡早已断出夫差并无大碍,即使不服药,七日内也可痊愈,只是吴国名医不敢轻率诊断,药量下得过猛,才导致吴王的病越治越厉害。

三日后,吴王病情果然好转。这一病他瘦了一圈,痊愈后胃口大开,准备在寝宫大摆宴席,宴请勾践等人。伯嚭借机问吴王打算怎么赏赐勾践,吴王沉默片刻,说道:"无论如何,不可再让勾践住石屋喂马匹了。"

"勾践是忠厚之人,如此对待,恐怕世人会认为大王不近人情。"伯嚭趁机说道。

吴王沉思道:"不错,如此忠厚之人,如果寡人继续囚禁他,恐怕会遭天谴。这样,择日寡人即送他回国。宣寡人的旨意,寡人要

宴请为他送行。"

第二日，勾践身着囚服，早早来到宴席前，跪等吴王夫差。吴王夫差一见，立即赏赐华服，并赐上座。宴席上，吴王向众人宣布："越王乃仁德之人，寡人将其囚禁多年，现将无罪放还，今特设座为越王饯行！"说罢，离席朝勾践行"土揖"礼。中国古代的作揖礼，根据双方的地位和关系，可分为土揖、时揖、天揖、特揖、旅揖、旁三揖等几种形式。土揖是拱手前伸而稍向下，是天子对诸侯行的礼。勾践见此赶紧下跪高呼："大王这是折煞罪臣了！"坐在下面的伍子胥大怒，长叹一声："大王放虎归山，后患无穷啊！"言罢泪流满面。

就这样，勾践回到了越国。生怕自己忘记了在吴国蒙受的耻辱，勾践在座位旁边悬挂了一颗苦胆，无论是坐着还是躺着，都能够看到；每次饮食前，他都要先舔一下苦胆，胆汁的苦味就会使他想起自己曾经受到的侮辱。范蠡嘱他务必要收买人心，勾践于是亲自耕种庄稼，夫人亲手纺织布匹。饮食上他非常俭朴，从来不吃荤菜。着装上不穿华丽的衣服。对待贤能的人彬彬有礼，招待宾客热情诚恳。他热心救济贫穷的百姓，真心哀悼去世的老人，安慰他们的亲属，和百姓们同甘共苦。

整整七年，勾践一直在安抚越国的百姓和士兵，时刻准备寻找机会报仇雪恨。

又过了两年，吴王夫差准备讨伐齐国，伍子胥阻止他说："您不能讨伐齐国。齐国对于吴国的危害，只相当于身上的一块癣，而越国才是我们的心腹之患,您应该先讨伐越国。"吴王早已听腻了伍子胥针对越国的谏言,执意攻打齐国。获得了胜利后,伍子胥又提醒正在得意的夫差说:"您不要高兴得太早,大祸可在后面呢!"吴王听了非常生气。

文种给勾践出了一个计策,建议勾践向吴国借粮食,借以试探吴王对越国的态度。越王不解,文种解释道:"倘若吴王愿意借粮食给我们,一来表明对我们没有丝毫防备,二来我们也可继续示弱。"吴国这边,尽管伍子胥坚决反对,但吴王还是借了。伍子胥愤怒地说:"大王如果一直不听从劝诫,再过三年吴国就会成为一片废墟!"

太宰伯嚭和伍子胥一直不和,他觉得这是在吴王面前诋毁伍子胥的好机会,趁机对吴王说:"大王明鉴,伍子胥虽然表面忠厚,其实是个很残忍的人。大王前不久想攻打齐国,伍子胥坚决反对,后来大王打了胜仗,他反而怨恨您。大王如果不严加防备,恐怕他会策划叛乱啊!"吴王对伯嚭的话半信半疑。

伍子胥预感到吴国不久后将有大的灾祸,于是在一次出使齐国时,将儿子托付给了齐国的鲍氏。伯嚭听说后,立刻跑来对吴王说:"伍子胥把自己的儿子送到了齐国,这是要让齐国帮自己谋反啊。"吴王大怒,在伍子胥从齐国回来后,派人给他送去一把叫"属镂"的剑。伍子胥收到这把"自刎之剑"后,仰天长叹:"夫差啊夫差,我辅佐你父亲雄霸天下,又拥立你做国君,当初你还想和我平

分吴国,我都没接受,想不到你今日竟然听信谗言要杀了我!可惜啊可惜,你一个人绝对没有能力支撑起吴国!"说完,他又对送剑来的使者说:"我死后,一定要将我的眼睛挂在吴国都城的东门上,我要亲眼看着越国的军队攻进吴国都城。"说完拔剑自刎而死。

之后几年中,越国不断地攻打吴国。吴国的精锐部队都在与齐国、晋国的战争中消耗殆尽,哪还有力量对抗越国呢?最后竟然被越军将都城包围长达三年,吴王也被围困在姑苏山上。大臣公孙雄裸露上身,跪在地上用膝盖向前爬行,替吴王哀求与越王讲和。

勾践心软了,想答应吴王的讲和请求。范蠡说:"当初您被困在会稽山,是上天把越国赏赐给了吴国,但吴国不要。现在上天把吴国赏赐给了越国,您难道还要违背上天的旨意吗?再说您谋划讨伐吴国已经整整二十二年了,到了最后的时刻怎么可以放弃呢?莫非,您忘了曾经受到的耻辱了吗?"勾践一下子被戳中了痛处,往事历历在目,一时语塞。范蠡见状,便让士兵击鼓进军,下达命令道:"越王已经把权力交付给我了,吴国使者请赶快离开,不然就要对你不客气了。"公孙雄自知讲和无望,绝望地离开了。

吴王夫差走投无路,拔出宝剑,听着外面越军的声音,泪流满面,用衣袖遮住自己的脸说:"我死后,实在是没有脸面去九泉之下见伍子胥啊!"他用一块布,蒙上了自己的脸,自刎而死。吴国就这样被越国灭亡了。

后人评说道:苦心人天不负,卧薪尝胆,三千越甲可吞吴。

屈 原 和 端 午

公元前两百多年,正是我国的战国时代,称雄的秦、楚、齐、燕、赵、韩、魏七国,争城夺地,打得是不可开交。这七国里,西方的秦国最强大,时常欺负其他六国。楚国有一位重要的政治家、大诗人屈原,游说五国的君王,劝大家团结一致对付秦国。楚怀王十一年,合纵成立,屈原的外交策略成功了。楚、齐、燕、赵、韩、魏六国君王齐聚楚国的京城郢都,楚怀王成了这支联盟队伍的领袖。这支强大的力量,把强秦的扩张计划给搅乱了。立了大功的屈原得到了重用,楚怀王把国家大事都交给屈原做主。这可把楚国以公子子兰为首的一帮贵族给气坏了,他们嫉妒屈原的才华,忌恨屈原得到了怀王的信任,于是不停地在怀王面前说屈原的坏话,说他专权跋扈,从来不把怀王放在眼里。挑拨的人多了,怀王这个软耳根子开始对屈原不满起来。

秦国的纵横家张仪是一个非常聪明的人,他听说楚国内部不和,为了挑拨楚国贵族们的关系,他把一对价值万金的白璧献给了楚怀王最爱的南后郑袖。那白璧的光芒,把郑袖的眼睛都照花了,郑袖爱不释手。张仪趁机让她劝楚王去促成秦楚联盟,拆散六国联盟。郑袖满口答应。当然,要拆散联盟,先得让怀王失去对屈原的信任,于是郑袖到楚王面前也说了很多屈原的坏话。

楚怀王终于不再信任屈原,他听从了这群奸人的计策,拆散了楚国和其他几国的联盟,一心做着秦国和自己强强联合的美梦。

失去了怀王信任的屈原闷闷不乐,想到亲手结成的六国联盟一经破坏,楚国恐怕就保不住眼前的兴盛了,不禁顿足长叹。屈原的姐姐女媭(xū)问明情由,料到他遭到了小人的陷害,劝他不要再对楚怀王直言进谏了,屈原说道:"我是楚国人,死也不能看到楚国遇到危险啊!"屈原不相信怀王会如此糊涂,认为怀王会醒悟,能分清是非。只要怀王能回心转意,楚国就有办法了。但是怀王不肯召见他。屈原越来越忧愁,常常整夜不眠。他写下一篇名为《离骚》的长诗,抒发了对国运的担忧和内心的怨愤。"离骚"就是"离忧"——人在遭遇烦闷和忧愁时,怎能不呼叫上天和父母,以发泄自己的怨愤呢!诗很快传到宫中,公子子兰等人又得到了污蔑屈原的新材料,说屈原把怀王比作暴君桀纣。怀王一怒,撤掉了屈原的官职。

郢都的空气越来越沉重。屈原跌跌撞撞地往家去,一头栽倒在床上，一病不起。女嬃流着泪，劝屈原："留在这里已经没有意义了，不如换个地方去休养吧！不要再管楚国的政务了。"屈原悲愤地说："楚国江山在这里，百姓在这里，我又能去哪里呢？"女嬃担心他的身体，不停地劝说他离开："你离开这里，暂时躲开，也许楚王会觉醒，会召唤你回来呢？"屈原终于决定听从姐姐的话，搬出郢都，住到汉北去。他走一阵，回望一阵，心里挂念着国事，每到一处就歇几天，打听国家的消息。

话说楚王做着的秦楚联盟的幻梦很快就破灭了。他万万没想到，秦国只是想破了楚国联盟，然后再逐个地吞掉六国。气昏了头的怀王仗着这几年养精蓄锐、兵粮充足，就派了大将军带领十万大军去进攻秦国。秦王立刻改变了攻齐的计划，索性联合齐国，分两路迎击楚军。楚军挡不住两国的夹攻，连吃几个败仗。很快，秦兵占领了楚国的汉中地区。

消息传到汉北，把屈原急坏了。他愤怒、叹气，最后决定赶回郢都，设法去抵抗秦国。半路上，他接到了怀王的命令，派他出使齐国，恢复联盟。屈原高兴地想："大王到底回心转意了！"

屈原还是高兴得太早了，只要郑袖和公子子兰这群人在，仅凭他一己之力，怎可能力挽狂澜呢？屈原即使说服了秦国，郑袖也有的是办法让楚怀王对屈原恨之入骨，不久，屈原就被流放了。

秦襄王二十一年，农历四月底的一天，一个消息如晴天霹雳把屈原击垮了：秦将白起进攻楚国，占领郢都，楚国的宗庙和陵墓俱

被毁。楚国要亡了！

屈原面色惨白，涕泗横流，消息还没听完就一头栽倒在地。醒来的时候，姐姐正抱着他的头，眼泪已经洇湿了他的衣衫。姐弟俩抱头痛哭，流下的泪水打湿了干涸的土地。

从这一天起，屈原开始不吃不喝，不眠不休，整日傻呆呆地从天黑坐到天亮。他决定回到郢都，要死在自己出生的土地上。他头不梳，脸不洗，就这样昏昏沉沉地走了几天，来到了汨罗江边。他在清澈的江水里看见了自己的满头白发，心潮起伏，似波浪翻腾。

五月初五这一天，形如枯槁的屈原又一夜未眠，鸡叫三遍后，他开始翻箱倒柜地找着什么。

女婴看他有些反常，问他："你在找什么？我来帮你找。"屈原说："你给我缝的那件袍子呢？今天是端阳，我想穿那件新袍子。"女婴嘴里哼唱着："国无人莫我知兮，又何怀乎故都？"这是屈原《离骚》里的两句。看他要穿新衣服，以为他就此释怀不再作践自己的身体，姐姐心里很高兴，于是赶紧把衣服找出来。

穿了新袍子的屈原沿着江边缓缓地走着，一路上，百姓们看到三闾大夫瘦弱的身形、未老先衰的容颜，没有不心疼的。一个老乡背着柴火经过，对屈原说道："大夫，身体可有好转？我儿子采得了好草药，我一会儿给您送些过去。可要保重自己的身体啊！"屈原点了点头。

一个拉网的老渔夫见了屈原，赶紧收了网，拉住屈原的手说道："唉，这江山易主，我们这些穷百姓，大概就跟这些鱼一样，任人宰割了。大夫，切莫悲伤，我捕的这大鱼，给您补补身体吧。"屈原听了后，嘴唇嚅动了下，不知道该怎样安慰这些无辜的百姓。他的脚步更加缓慢了。

汨罗江水，波涛汹涌，浪花在江面上翻飞。岸边风越来越大，屈原一步一步艰难地移动着，他的双腿仿佛灌了铅，胸口像压了一块大石头，令他喘不过气来。天色越来越暗，身上的白袍子被江风卷了起来，屈原的眼前越发模糊，他已经无力在这浑浊的世上再苟存下去，他最后看了一眼这故土的天地，纵身一跃，转瞬就被滚滚江水吞没了身影。

暴雨如注，悲风四起。老渔夫最先发现了，他使劲地摇着船，但是江上风大雨大，他的船跑得太慢了。闻讯赶来的老百姓们，奔跑着、哭喊着："三闾大夫跳江了！三闾大夫跳江了！"越来越多的渔划子扔进了江里，人们抄起扁担、木棍，拼命地划着，大声地喊着。几十条小船在江面上穿梭，方圆几里的百姓都赶了过来。大家打捞了一整晚也没有找到屈原，一时间哭声震天。

据说，从这天开始，每年的五月初五这一天，楚国百姓都会到江边比赛划小船，再现当年的场景。大家还把从家中带来的米饭投到江里祭奠屈原。

一年后的一天晚上，几个人不约而同地在梦里见到了屈原。

屈原头戴高高的切云冠,腰挂长长的陆离宝剑,身上佩戴着美玉和珍珠。大家高兴地拥过去向他行礼,屈原微笑着答谢。大家见他面黄肌瘦,便关切地问道:"三闾大夫,我们送给您的米饭,您吃到没有?"

屈原叹了口气,回道:"你们送来的米饭,都让江里的鱼虾龟蚌们吃了。"大家听后很气愤,纷纷说道:"那是给您的,怎么能让它们都吃了呢?"屈原苦笑着没有回答。

这个梦被大家一传十、十传百。扔进江里的米饭怎么才能不被鱼虾吃掉呢?聪明的楚国百姓想到了一个好办法——将米饭用

屈原像 (汉代)石版画

箬叶包住,用线绳捆绑结实,水族以为是菱角,就不会去吃了。

第二年的五月初五这天,人们纷纷把包在箬叶里的米饭投进江中,心里想:这下鱼虾们看不出这是米饭,估计不会吃了。

谁知没多久,屈原又给大家托梦,说:"谢谢你们送给我的东西,可惜还是有不少让水族吃了。"有什么办法唬住水族呢?聪明的楚国百姓又想到了一招儿:送箬叶米饭时,把船装扮成蛟龙的模样,水族以为是龙来了,就会远远地避开,更不敢碰龙舟边的食物了。

后来,人们每年固定在五月初五端午这一天,热热闹闹地驾着龙舟,撒下箬叶饭包。年年如此,于是就形成了端午节吃粽子、划龙舟的风俗。

孟姜女哭长城

　　相传在秦朝的时候，一户姓孟的人家和一户姓姜的人家做邻居，两家人的日子过得也算是和美，就是不论什么时候见到他们都总是愁眉苦脸的。为什么呢？因为他们两家都没有孩子。眼瞅着两位婶婶的头发一天天地白了，身边同龄人已经儿孙满堂了，这两家依然没有传出一声婴儿的啼哭。为此他们没少去看郎中，药是吃了一帖又一帖，磕了无数的头，烧了不知道多少香，送子观音给家家户户送去胖娃娃，唯独把他们给忘到脑后了。

　　也许是他们的虔诚终于打动了上天，这天夜里孟家婶婶做了一个奇怪的梦，梦见一个白胡子老头，笑眯眯地在她的手上放了一粒种子，叮嘱她一定要种在自家的东墙根下，三天浇一次水，一共浇够九九八十一次，就可以实现她一个愿望。孟婶醒了以后，连忙打开手心，发现手心里什么也没有；她又跑到东墙根，发现东墙根

032

的地上竟然真的有一颗大种子。她赶忙拾起来,惊喜地喊道:"老头子老头子快来看。"一五一十地讲了自己做的梦,两人啧啧称奇。孟婶打来水,念叨着梦中的情景,生怕出了岔子,急忙把种子种了下去,并且三天浇一次水,虔诚地祈祷着。

种下的种子很快就萌芽了,两个月后生出一根长长的葫芦藤。孟婶小心翼翼地浇着水,这葫芦藤长得又快又粗壮,几天后竟然就爬到了姜家那边;又过了几天,竟然在姜家那边结出来一个小葫芦。孟婶把自己做的梦讲给姜婶听,姜婶又讲给姜老汉听,都觉得不可思议。小葫芦一天比一天大,很快变成了大葫芦。姜婶觉得这是上天赐予的宝葫芦,生怕在自己家院里有什么闪失,就做了一个草垫子垫在葫芦下面。葫芦继续膨大,大得像个大西瓜,姜老汉冲孟老汉喊话:"等你这宝葫芦实现愿望的时候,可别忘了我们啊!"

"放心吧!有你们一半功劳哪!"孟老汉回答道。

霜降的这一天,正好到了浇水的九九八十一天。葫芦秧子干枯了,俩老汉小心翼翼地把宝葫芦抬下来,两个婶婶铺上软乎乎的被子,宝葫芦被端端正正地放在桌子上。四人冲着宝葫芦毕恭毕敬地作了个揖,口中念念有词:"请上天赐我们孩子吧!"话音未落,"啪嗒"一声,宝葫芦裂开了两半,大伙儿傻眼了,只见这宝葫芦里竟然睡着一个又白又嫩的小女娃娃。四个人"啊"的一声,把小娃娃给吓哭了,"哇哇哇"的哭声无比嘹亮。孟老汉和姜老汉面面相

觑,还是两个婶婶反应快,赶紧用被子给娃娃包上。

突然多了一个小娃娃,两家平静的生活被打乱了。小娃娃是孟家种的葫芦种子生出来的,宝葫芦又是在姜家落地的,于是两家人商量,给小娃娃取名"孟姜女"。

一年一年的日子过得飞快,孟姜女在两家人的精心呵护下,出落成了一个亭亭玉立的大姑娘。这姑娘聪明好学,又爱读书,远近八方想给她说媒的人几乎踏破了门槛,孟姜女一个也没看上。

这天,村子里来了个陌生的年轻人,自称范喜良,姑苏人氏。那时正值秦始皇修筑长城,到处抓壮丁,每家三丁抽一,五丁抽二,单丁独子也被抓去服苦役。范喜良脸上抹了黑灰,连夜逃了出来。赶了几天几夜的路,路过孟家大院,想进来讨碗水喝。孟姜女见是个逃荒人,忙招呼他进屋,还好心地给他打来水,让他洗洗脸。

洗干净脸的范喜良露出了清秀的书生面容,孟姜女问他为何逃荒,家中还有何人,范喜良一一作答。这人举止十分得体,看到孟姜女读的书,竟然还会点评几句,孟姜女好生欢喜,便芳心暗许,央求爹妈做主,将自己许配给他。

孟家和姜家都很欢喜,这简直是老天送来的女婿,宝贝女儿也不用离开家了,真是天赐良缘啊。立刻选日子让他们成亲。

常言道:天有不测风云,人有旦夕祸福。小两口成亲还不到三天,家里闯进一伙衙役,不容分说,把范喜良生拉硬拽走了。

日子一天一天地过去,孟姜女越来越思念自己的丈夫,想到丈夫走的时候还是夏天,身上穿的还是薄褂单裤,眼看着天凉了,他可怎么过冬呢? 孟姜女马上着手缝制棉衣,她要去送冬衣。

纺车吱扭扭地从早响到晚,终于,棉衣做好了。孟姜女要独自上路去寻夫,两家的爹爹妈妈一起来劝,见孟姜女去意已决,几个老人只好给她凑了盘缠,含着眼泪送她上路。

孟姜女背着行囊,踏上路程。饿了,啃口凉饽饽;渴了,喝口凉水;累了,坐在路边歇歇脚儿。这一天,她问路边一位正在种田的老伯伯:"请问,这儿离长城还有多远?"老伯伯大惊失色道:"你一个女娃娃,不好好待在家里,去这么远的地方,不是自寻死路吗?不知不知,你快回去吧。"孟姜女听罢,伤心地哭了起来:"这长城就是远在天边,我也一定要找到它。只有到了长城,才能见我夫君一面。"老伯伯被她感动了,叹了口气,对她说道:"我也不知这长城在哪里,我只知道,从这里一路往北,要走很远很远的路,才会到幽州;长城大概还在幽州的北面。"孟姜女谢了老伯伯,不敢耽搁,一路往北走下去。

前往幽州的路非常难走,时常狂风肆虐。孟姜女一连走了几十天,这天"咕咚"一下子昏倒了。当她苏醒过来,发觉自己躺在一个老乡家的热炕头上。房东大娘给她擦净了脸,端来了热茶,她连声道谢。房东大娘端详着她说道:"姑娘孤身一人,这兵荒马乱的,是打哪里来,要到哪里去啊?"孟姜女出了点汗,挣扎着坐了起来,说道:"我要去长城,去寻我的夫君。"房东大娘赶忙拉住她说:"你

可知那长城在哪里？你现在身子虚弱，再走下去别说丈夫寻不到，自己这条小命恐怕也不保了啊！"孟姜女虚弱无力，赶路赶得脚底血肉模糊，可是一想到时已深秋，寒冬近在眼前，幽州不比江南，那里的冬季寒风彻骨，如果不能尽快找到丈夫，他身上只有那件挡不了风寒的薄衣，天寒地冻中可能坚持不了多久就会被冻死的。孟姜女挣扎着起身，坚持要走。老大娘拦不住她，只得给她装了些干粮，嘴里念叨："你这可怎么走得到啊！"又嘱咐道，"若是寻不见，你可要在冬天前赶回来啊！"

经历了百般辛苦，孟姜女终于走过了幽州，到了修长城的地方。一路都是埋头苦干的民工，她一路打听："你知道范喜良在哪里吗？"对方说不知道，再问一个，人家依然摇摇头。她不知问了多少人，大家都只是埋头干活，都摇头。终于有一个人告诉她说："姑

《山海关雪景》 （清代）杨柳青木版年画

娘,别找了,这里每天都有无数人死去,每天又有新人补充进来,大家谁也不认识谁。你如果看不见你要寻的人,或许他的尸骨早就埋在这长城下了。"

孟姜女脑袋"嗡"的一声,她瞪大眼睛说道:"我不信,我夫君他不会死!"那人摇摇头,不说话了。

孟姜女不死心,她继续不停地问,不停地找,从天亮找到天黑,直到北风呼号的一天——冬天到了,孟姜女心里希望的火苗一点点黯淡下来,想到自己千里寻夫送寒衣,历尽千难万险,到头来连丈夫的尸骨都找不到,怎不令人痛断肝肠?她越想越悲,越哭越收不住,哭得撕心裂肺。苍天大地无不动容,随之狂风卷地,天昏地暗,日月无光。孟姜女昼夜痛哭,不吃不喝,不眠不休。忽然一声山崩地裂的巨响,长城崩塌了一段,露出一片白花花的骨头。孟姜女惊呆了,她顾不得害怕,扑了上去,泪如泉涌。

狂风卷地而起,卷得长城沙石漫天,鹅毛大雪从天而降。万籁俱寂中,只有孟姜女的哭声在天地间回荡。孟姜女搂着丈夫冰冷的尸骨,万念俱灰。她一头撞向了长城的砖石,追随范喜良而去。

华 佗 学 医

你听过华佗最有名的事,是《三国演义》里他为关云长刮骨疗毒的故事吧,真实历史中的华佗就是一个了不起的医生,他发明的《五禽戏》,今天的人们仍用来强身健体呢。不过,华佗可不是生下来就是名医的。

话说东汉末年三国时期,战乱不断,老百姓无家可归,逃难的逃难,要饭的要饭。路上到处都是饿死的病死的人,瘟疫四处蔓延。

华佗出生在谯(qiáo)郡华家庄。他父亲死得早,兄弟死在了战场上,家中就剩下华佗和他的老娘。因为家里穷,华佗就靠挖草药、卖草药来养活他娘。熟悉历史的人都知道,谯郡就是今天的安徽亳(bó)州,这是个出药材的地方,花花草草总有一百多样。华佗整天挖药,渐渐地懂得了一些药性,他自个儿试着开出了几个单方都有些效果,村里人有个头疼脑热的都来找他抓药。慢慢地,华佗在乡亲中小有名气。

这一年,华佗的老娘突然在劳作的时候栽倒在地,不多久人就肿得像个馒头。华佗寻遍了草药也无济于事,哭着四处求助。大家都找不出病因,拖了半个来月,华佗的娘就撒手人寰了。

唯一的亲人也不在了,华佗很伤心,发誓要拜师学医、救济众人。他四处打听,听说西山琼林寺有位治化道人,精通医术,治病如神,就决定去西山学医。可是,西山琼林寺离这里多远呢?谁也不知道。华佗学医心切,哪里管得上路近路远,当天就打点行装,准备启程。远亲近邻听说华佗要去学医了,纷纷前来送行。这个帮钱,那个送衣,都盼望华佗能早日学成归来。华佗谢过众人,背起行李干粮就上路了。一走走了半个月,鞋磨破了,脚也打泡了,干粮吃完了,钱也花光了,还没看到西山的影子呢。华佗脑子里满是老娘离世前的痛苦模样,又想起生疮的乡亲,瞬间有了力量。他鼓起劲儿往前走,饿了吃野果,渴了饮山泉,就这样一气儿又走了三天,终于到了西山。

上西山的路异常难走,华佗手脚并用,气喘吁吁,爬了多时才见半山坡密林丛中有一座道观。这道观隐在深山密林中,如果不细看,还真发现不了。又爬了半日,终于看见门顶金匾上"琼林寺"三个大字,华佗长出一口气,可算是到了。

华佗抬头一看,只见一位须发全白的老道长坐在庭院中,这应

039

该就是治化道人了。他上前叩头："给师傅请安！"

治化道人看了看他，慢悠悠地问道："你是何人？来此处为何事？"

华佗就把自己因何学医之事详详细细地讲了一遍。

治化道人说："投师学医要能吃得苦中苦，那不是一般人能受得住的。你现在打退堂鼓还来得及！"

华佗连忙摆摆手说："弟子不怕吃苦，必当全力以赴。"

治化道人说："既然你决定了，就暂把你收下，先做几年的杂活再说吧！"

华佗磕头拜了师，就跟随治化道人拐弯抹角来到后山，进门一看，不禁大吃一惊：这里病人的病情比自己家乡的乡亲们要重得多。只见横七竖八的床铺上睡着的都是病人，长疮的、跌伤的、腿断的、出血的、流脓的，啥样的都有。屋子里的空气很是污浊，呻吟声此起彼伏。

治化道人对华佗说："你就在这里专管打扫、烧水、涮尿盆、洗疮布，侍候病人吧。"

华佗点头说："是。"

就这样，华佗开始学医了。打从第一天起他侍候病人就很有耐心，他动手改造了病室，将屋子收拾得干干净净，床铺间留有距离，保证空气的流通。他处处细心留意，哪个病人该换药了，哪个病人要清洗创口了，将每个病人的病情变化都记得一清二楚。不仅病人每天的食量大小他写在本子上，就连病人的粪便变化他也要细细观察，哪怕是三更半夜，只要病人有需要，他都随叫随到。师兄师弟们都笑他，说他傻，不会偷懒，无事找事做。华佗装作没听见，还照旧做他的。就这样，他在病人跟前服侍了三年，了解了不少病的症状，知道了不少病的来源；什么药能治什么病，什么病需要什么药，他心里也都清楚了，记下了。

这天，治化道人来到正伺候病人的华佗面前，对他说："三年的时间到了，为师看得出你能吃苦，对病人有耐心。孩子，你如今的本事，开个医馆足以衣食无忧，你可以下山了。"

华佗听了连忙跪下说："弟子多谢师傅的教导，但弟子志向不在赚些钱财谋生，弟子治病救人，才学尚浅，还请师傅不要嫌弃弟子。"

治化道人说："华佗，难得你有对医术的这份执着。你这三年认识了不少病症，学了些东西，看病问诊应该够了，但鲜有人知，观察病患只是学医术的第一步，想要真正地治好疑难杂症，还得苦读医书药典，学无止境啊！"

华佗急忙答道："弟子求之不得，多蒙师傅苦心教导，我一定不辜负师傅，用心把医书药典学好！"

治化道人赞叹道："你是个有心的孩子。既然愿意，就随我来吧。"说罢，带着华佗来到内殿。华佗抬头一看，愣住了，只见这里到处是药书，满墙是挂图；这边放着炼丹炉，那里摆着药橱。华佗

041

看了好不欢喜。

治化道人笑着说："学医好比走路,路得一步步地走,不能急躁。这内殿里,看书有书,炼丹有炉,要啥有啥,你自学自炼去吧。有不懂的地方,再来问我。"说罢就往后院去了。

自此华佗夜晚读医书,白天炼丹药,从不偷懒。日出日落,暑去寒来,眨眼之间又三年过去了。这天夜里,华佗正在灯下读药书,忽然一个道童惊慌地跑来说："华师兄,不好了!师傅染了急症,你赶快去看看!"

华佗听了,顾不得收拾药书,连忙往后院跑去。进了师傅的卧房,来到床前,只见师傅面色蜡黄,两眼紧闭,口吐白沫,手脚僵硬。华佗上前摸了摸师傅的额头,又按了按脉,看了看神色,停了半晌,才笑着对众师兄师弟说："师傅没有大碍,等一等自会好的。"

众人一听很生气,指责道："你会不会看诊?师傅的病那么重,你怎么能信口开河胡说八道认为没病?"

华佗说："我凭望闻问切、察言观色来推断,不是没根据的。"

众人听了更气了,纷纷说："我们不懂那一套,你少故弄玄虚,耽误师傅的病你我都吃罪不起!"

大家正七嘴八舌地吵着,忽听治化道人的声音从身后传来:"他能吃罪得起!"

大伙儿回头一看,治化道人不知何时已经坐起,正看着他们争论,就都愣住了,齐问："师傅,您的病好了?!"

治化道人哈哈大笑道:"你们华师兄说得对,为师故意装病,来试试你们的本事。"

众人听了,内心羞愧,无言以对。

再说华佗回到前院,刚进内殿,便大吃一惊!只见桌上放的几本药书,不知怎的被灯火引着了,火头烧得正旺。华佗连忙跑上去抢救。可惜太迟了,等把火扑灭,书页已全部烧焦了。华佗又着急又心慌,心想,烧了别的还好,这药书是师傅的心爱之物,宝贝得不得了,现在被火烧了,可怎么向师傅交代啊!俗话说"人急生智",他忽一转念:这几本药书我早已背得滚瓜烂熟,不如用个把月时间重抄一份吧,事后师傅纵然知道估计也不会怪罪我了。想到这里,华佗立即研墨提笔,动手默写起来。

就这样,白天炼丹药,夜晚默药书,他一口气默写了一个月零三天,才把几本药书默好。

这晚华佗提笔刚要写书皮,这时治化道人走了进来。华佗忙起身让座。治化道人什么也没讲,开口就说:"华佗,把那几本药书拿来给我。"

华佗一听心神慌乱,连忙把刚抄好的几本药书递了过去。治化道人看了看说:"这不是我原来的药书啊!"

华佗连忙跪下道:"弟子不慎,原书已被烧毁。我恐师傅怪罪,凭记忆抄写了出来。请师傅详查。"

治化道人听了,哈哈大笑道:"我早已知道了。不瞒你说,那次

烧的不是药书,是几本废书,药书在我这里。"

华佗抬头一看,师傅手中拿着的正是那几本药书。他惊奇地问道:"师傅,这是怎么回事?"

治化道人笑着说:"那次失火烧书,是我派人用偷梁换柱之计,特意试试你的本领的。"

治化道人又说:"华佗,你已经来了六年啦,本领也学得差不多了,该让你下山为百姓治病去了。"

华佗忙跪下恳求:"弟子本领不够,还望师傅再留我一年!"

治化道人说:"眼下世道乱,瘟疫流行,正需要医者,我不能再留你了。只需记住,多向同行高人请教。"

华佗说:"师傅的教诲弟子记下了。只是弟子现在回去,没有备下成药,如何去给黎民百姓消除瘟疫呢?"

治化道人微笑道:"这个不难,'药草到处有,就靠两只手;人人是师傅,处处把心留。'能把我这四句话记住,就什么都不会缺了。"

华佗默记下师傅的话,辞别师傅,背上行囊下山了。

华佗回到家,还和以前一样,不摆先生架子,带着药包到处为乡邻治病。行医的时候,华佗遇到了很多困难,但他不气馁,虚心向别人学习,日积月累,取长补短,不久就名声远扬。成名之后的他,仍时时不忘向别的医者请教。

这一天,一个年轻人上门求医。华佗一把脉,就对病人说:"你得的是头风病。古籍上说这种病的药不难找,只是没药引子。"华佗按照古医书上写的,一五一十地告诉病人:"这药引子要用生人脑子。"病人一听,吃了一惊,心想这哪里弄得到?!这病算是没得治了,只得回家去了。

过些日子,这个病人又寻到一位老医生。老医生问他:"你这头风病找人看过吗?"年轻人说:"找华佗治过,他说要生人脑子做药引子,我没法子,只好不治了。"老医生哈哈大笑,说:"用不着去找生人脑子,找几个旧草帽替代,煎汤喝就行了。记住要找人戴过的草帽才行。"

病人听话照做了,果然药到病除。一天,华佗碰到这个年轻人,见他生龙活虎,不像有病的样子,就问道:"你的头风病好啦?"年轻人笑着回答:"是呀,多亏一位老先生给治好的。"华佗又问吃的什么药,用的什么药引子。年轻人说:"用旧草帽煎汤。"华佗一听,连忙问那老医生住在哪里,年轻人告诉了他。

华佗回家一想,别人行医多年才得到的秘方,哪里会轻易传授?看来只有去他门下求学才行。于是华佗就收拾了一番,找到这位老医生,更姓改名当学徒,边干杂活边学习,一学又是三年。

这天,老医生外出出诊去了,华佗同师弟在屋里炼药。这时门外来了一个病人,只见他肚大如箩,腿粗似斗,走几步就汗如雨下。病人是特意来找老医生求医的。师傅不在家,华佗的师弟不敢随便接诊,就叫病人改天再来。病人苦苦哀求道:"求求你们,帮我治一下吧!我家离这儿很远,来一趟可不容易啊!"这时华佗过

来了，见病情确实危重，不可迟延，上前说："我来给你治。你拿二两砒霜，分两次吃。记住一定要分两次吃！"病人接过药包，连声道谢，步履蹒跚地走了。

病人走了之后，师弟开始埋怨华佗："你可知道那药有毒，吃死人怎么办？"华佗说："这人得的是膨胀病，必须毒攻，这叫作以毒攻毒。"师弟说："治死了谁担待得起？"华佗笑着说："不会，出了事由我担着。"

再说那大肚病人走到村外，正巧迎面碰上老医生回来了。老医生看了眼病人，便说道："你这是膨胀病，快去买二两砒霜，匀两次吃。一次吃有危险。快去买药吧。"病人听了，把手一伸，说："二两砒霜，你徒弟拿给我了，他也叫我分两次吃。"

老医生接到药一看，果然上面写得清清楚楚。老先生心想："这个秘方除了我之外，只有琼林寺治化道人和华佗知道，还有谁知道呢？我还没传给徒弟啊！"他回到家里，问两个徒弟："刚才来的大肚病人的药是谁发的？"师弟指着华佗说："是师兄，我说这药有毒，他不听，偏逞能。"华佗在一旁不慌不忙地答道："师傅，这病人得的是膨胀病，腹中有毒，用砒霜以毒攻毒，病人吃下有益无害。"

"这是谁告诉你的？"老医生更加惊异了。

"琼林寺治化道人。我在那里学了几年。"华佗老老实实地回答道。老医生这才恍然大悟，眼前这人就是华佗。他叫道："华佗啊！按辈分来说,你我本是师兄弟。如今你大名在外远胜于我,怎么屈尊到我这儿来学医呀?"这时华佗只好把前来求学的缘由道出,末了,他说道:"这些年,我跟随您学习,真是受益匪浅啊!"

老医生听华佗说完,一把抓住他的手说:"你已名声远扬了,还到我这穷乡僻壤来吃苦,真是对不住啊!"

华佗说:"老先生,医者仁心仁术,学无止境。人的才能有高有低,但都各有所长,我不会的东西,就该向您学。行医人和行医人都是一样的啊!"

老医生感动得说不出话来,当即把治头风病的单方告诉了华佗。华佗就这样边行医边求学,最终成为历史上家喻户晓的一代名医。

八 仙 过 海

三月初三春正长,蟠桃宫里看烧香。

传说每年农历的三月初三是王母娘娘的生日,各路神仙都要到蟠桃宫来向她祝寿、拜贺。

今年的这一天,同以往一样,蟠桃宫里祥云袅袅,仙乐飘飘,神仙们驾着五彩祥云纷纷而至。王母娘娘忙命众仙女引仙宾入座,蟠桃宴已摆好,仙酒、仙桃应有尽有,众仙纵情享受。

今年的蟠桃宴上有八位新上天的神仙引起了众仙的注意。他们单独坐在一桌,八人中最引人注目的是李铁拐,又叫铁拐李,据说是八仙之首。只见他黑脸蓬头,金箍束发,破衣烂衫,瘸着一条腿,拄着一根铁拐杖,身后背着一个大药葫芦,完全是叫花子打扮。

铁拐李旁边坐着吕洞宾。他集"剑仙""酒仙""诗仙"于一身,眉清目秀,风度翩翩,手里握着一支玉箫,袖子里却藏着一柄青蛇短剑。

吕洞宾旁边那位美丽的仙女叫何仙姑。她原是人间的一位普通姑娘，机缘巧合，吃了几个仙桃，从此就成了能在天上飞的长生不老的仙女。

坐在何仙姑旁边的那位仙人白鼻红袍，头戴纱帽，手捧朝笏（cháo hù），一副县官模样。据说他未成仙时是位皇亲国戚，人称曹国舅。

坐在上首的那位老神仙，面容清瘦，白发白须，名叫张果老。他怀里藏着一头白纸折成的驴子，只要他轻轻地吹上一口气，纸驴立刻变成真驴，能驮着他日行千里呢。

张果老旁边的神仙红脸豹眼，留着大胡子，挺着大肚子，头上梳着两个大抓髻，手摇棕扇，模样倒也威武。传说他原是汉朝的一员虎将，名叫汉钟离。

桌子的下首并排坐着两个年轻的神仙：身边放着一篮鲜花的叫韩湘子，据说是大文学家韩愈的侄子；旁边那个身穿破蓝衫，腰系三寸宽木腰带，一脚穿靴一脚光着，手拿三尺大拍板的，是蓝采和道士。

八仙刚好坐满一桌。从此以后在民间这种方桌就被叫作"八仙桌"。

话说八仙开怀畅饮，直饮得尽兴而散。辞别王母娘娘后，他们驾着云彩，一会儿便来到东海上空。

　　只见波涛滚滚,巨浪拍空,惊天动地的海浪声震耳欲聋。当然,八仙腾云驾雾、越海而过,并非难事。这时年纪最小的韩湘子调皮起来,建议道:"各位仙友,咱们就这样驾云而过,太无趣了。不如大家各丢一件宝物到海里,乘着它漂洋过海,岂不痛快?"众仙觉得有趣,加上酒足饭饱,兴致正好,都想露一手,就爽快地答应了。

　　好个铁拐李!铁杖刚一落海,便化作一条蛟龙,在海上昂首腾跃,铁拐李跳下云头,站在龙背上破浪前行;韩湘子不甘落后,把手中的花篮潇洒地投到海中。只见篮里的鲜花铺伸出去,延展成一张大毯,他站在美丽的鲜花"毯"上迎风而行。

《八仙过海》 (清代)杨柳青木版年画

吕洞宾紧跟着投下玉箫。玉箫落到海面上并没有变大，但吕洞宾稳稳地站在上面。海风从箫管中穿过，发出美妙的乐音。

"踏歌蓝采和，世界能几何。"和着箫声，道士蓝采和边舞边唱，顺势把手中正拍着的大拍板唰地扔到海里。大拍板浮在海面上，像一只木筏，载着蓝采和稳稳前行。

"举世多少人，无如这老汉；不是倒骑驴，万事回头看。"张果老敲着简板高声唱着，纸驴飘然落海。眨眼间，一头白驴浮出海面，张果老倒骑着，渡向对岸。

其他几位仙人也纷纷从云端降落。曹国舅脚踏玉朝笏，汉钟离站在大棕扇上，何仙姑亭亭玉立于荷花中间，风姿绰约。只见八位仙人，各自乘着自己的宝物，在海上乘风破浪，引得海底龙王和虾兵蟹将纷纷浮上来观看。他们齐声欢呼："看哪，八仙过海，各显神通啊！"

白　蛇　传

在几千年前,有一条淘气的小白蛇,偷偷溜出去玩,被一个老渔夫逮了个正着。老渔夫正准备取出蛇胆,一个小牧童蹦蹦跳跳地恰好经过,瞅着小蛇觉得好可怜,于是便央求道:"爷爷,爷爷,就放了小蛇吧。" 这老渔夫本是如来佛祖座下的一只乌龟,在佛祖座下听了几年经,有了灵性,因为偷东西,被罚下凡来做了渔夫,这时看这孩子固执,拗不过他,只得放了小蛇。小蛇获救了,一溜烟钻进草地里就没影了。小牧童哪里知道,他无意中救下的这条小蛇,可不是一条普通的小蛇,只是修炼的道行不够,又贪玩,这才不慎落入老渔夫的网中。

千年弹指一挥间,小白蛇潜心修炼,功力大增。而当年的老渔夫回到如来佛祖的身边,却依然贼心不改,听经的时候顺手牵羊偷了如来佛祖的三样宝贝:禅杖、袈裟和金钵,趁如来佛祖打瞌睡又跑到凡间,给自己封号法海,在金山寺做起了住持。小白蛇有个好朋友,是一条修炼了八百年的小青蛇,也是心地善良之辈,二人平日以姐妹相称。眼瞅着修炼得差不多了,是时候下山看看了,于是小白蛇和小青蛇摇身一变,变作两位美丽的姑娘,一个化名白素贞,一个化名为小青,来到了人间天堂——杭州西湖游玩。

此时正值清明,春暖花开,草长莺飞,正是一年中美如画的季节。西湖岸边游人如梭,人们三个一群,五个一伙,兴致勃勃地踏青赏春。

忽然间老天爷变了脸,乌云密布,电闪雷鸣,倾盆大雨瞬间落下。白素贞和小青没有带伞,又不便在此时现原形,正为难之际,这时旁边有人递来一把伞:"请两位小娘子用我的伞吧。"抬头一看,是一位文质彬彬、面目清秀的年轻人。姐妹俩感激不尽,约好次日到年轻人位于断桥边的家中还伞。

《游湖借伞》 陕西凤翔民间木版画

　　第二天，白素贞和小青按年轻人留下的地址来到钱塘门，找到了他的家。原来此人姓许名仙，父母双亡，寄住在姐姐家，现在一家药店当伙计。白素贞见许仙忠厚老实，心地善良，心里对他有了好感。这两人情投意合，相互爱慕，没过多久，在小青的撮合下，二人便结为了夫妻。

　　许仙成家后，不便再住在姐姐家，夫妻俩便在西湖边开了一家药店，取名"保和堂"。许仙人缘好，手脚勤快；白素贞医术高明，什么草药都找得到，他们配了许多丸、散、膏、丹，店门口挂起一块牌子——"贫病施药，分文不取"——穷人看病，可以不花钱。这消息你传我，我传你，不多久，十里八乡就无人不知无人不晓，每天来这保和堂求药问药的人，多得简直要踏平门槛。药店的生意越来越红火。夫妻俩相敬如宾，日子过得有滋有味，不久后白素贞有了身孕，眼瞅着就要当爹了，许仙的心里每天都像喝了蜜一样甜。

　　这一天，许仙正在柜台里忙碌着，这时门外进来了一个和尚。这和尚一见许仙，便上前道："阿弥陀佛，贫僧是镇江金山寺住持法海。今见施主面带妖气，想必家中有妖怪近身作祟！"

　　许仙大吃一惊，说："师父一定是搞错了，小生家中只有娘子和一个丫鬟，何来的妖怪？"

　　"阿弥陀佛！"法海道，"你那娘子想必从来不敢饮雄黄酒，她是人是妖，施主只需端午节时引她喝下一杯雄黄酒，一试便知。她若是妖，贫僧将她正法，以免祸害无辜苍生；她若不是妖，这雄黄酒喝了也无妨。"走前他叮嘱许仙,日后若有事,可到金山寺来避难。

许仙想起娘子往日的确从来不饮雄黄酒,听他说得恳切,半信半疑地回到家中。

五月初五的端午节,一向有恶月恶日之称。这天天气湿热,家家户户门前都插起菖蒲艾叶,地上洒了雄黄药酒;金山下边的江边,正敲锣打鼓地赛龙舟呢。路上熙熙攘攘,热闹非凡。

一大清早,白素贞便把小青叫到面前,对她说:

"小青呀,今天是五月端午,你可记得?"

小青说:"姐姐,我记得。"

白素贞叹气道:"这午时三刻最难挨,你快到山上去避避吧!"

小青问道:"那姐姐你呢?"

白素贞道:"我有千年修炼的功夫,比你强些,你快走吧!"

小青想想,摇摇头说道:"今日不同往时,姐姐有了身孕,我看还是一起走稳当些。"

白素贞愣了一下,说道:"我们两个人都走了,官人会疑心的呀!"

小青想想也对,只得同意独自躲祸。说了一句:"那姐姐小心!"往窗外一跳,化作青烟一缕,避回深山去了。

小青前脚刚走,许仙就进来了,边走边喊道:"娘子、小青,快收拾收拾,我们去江边看赛龙舟去!"

白娘子说道："我让小青买丝线去了。我有身孕行走不便,看龙舟人多又挤,恐怕动了胎气。还是你自己去吧。"许仙想想也有道理,便关了保和堂的门,去厨房炒了几个菜,烫了一碗雄黄酒,殷勤地要和娘子喝上几杯。白素贞一闻酒的味道不对,心中自是说不出的恶心。俗话说"蛇见雄黄,犹如鬼见阎王",这一杯下肚,恐怕就是黄表纸包饺子——露馅儿了。白素贞强忍着反胃说道:"相公忘记我从来不喝这雄黄酒吗?如今我有身孕,更是闻不了这雄黄酒的味道。"

许仙听了,哈哈大笑道:"许家祖宗三代开药店,这雄黄酒本是驱邪避恶的好东西,有我在,你怕什么?今日五月初五,正是秽病易起之时,你多吃两盏反而对身子有益处啊。"白素贞怕丈夫起疑心,仗着自己千年的功力,壮着胆子喝了一口,不料这口酒一下肚,不多时身上仿佛着火一般,天旋地转头昏眼花,白素贞心说不妙,忙以不胜酒力为由匆匆回房休息。进了屋,就一头栽向床铺,没了知觉。

许仙进房掀开纱帐一看,只见一条白蛇正盘横在床上,惊得他当即"哎呀"一声,直挺挺地仰面跌倒在地,竟然给吓死了。

不知过了多久,白素贞退了酒劲,慢慢地苏醒过来恢复了人形。她想起方才的情形,赶紧下床,却一眼看到躺在地上已经没了气息的许仙,顿时明白了,定是自己露出了原形把他给吓死了。白素贞赶紧把许仙抬上床,手忙脚乱地召回了小青,对小青说:"妹妹,官人这一吓恐怕是灵魂出窍凶多吉少了,凡世间的草药无济于事,我只有上灵山求到灵芝草,才能救活官人。"

小青忙阻拦道:"姐姐,那灵芝草可是生长在千里之外昆仑仙山上的,此行路途遥远,你又有孕在身,怕是凶多吉少啊!"

"管不了那么多了。你看好官人,我去了!"说罢,白素贞驾起云头,直奔昆仑山。

这一路跋山涉水艰苦异常,白素贞为了救人已然奋不顾身,一路疾行,片刻不歇。昆仑山是座仙山,仙树仙花漫山遍野,山顶上有几株鲜灵灵的草,那就是能救命的灵芝草。白素贞施法术摘得一株,不敢耽搁转身就走。只听空中传来一声大叫,守护灵芝草的鹤弟从天边飞了下来,它见白素贞盗摘了仙草,哪里肯放过,展开硕大的翅膀,伸出长喙,朝白素贞俯冲过来。白素贞刚要躲避,护仙草的鹿兄在身后拦住了她,顿时混战成一团。白素贞无心恋战,只求脱身离去,加上有孕在身,功力大打折扣,斗了几十个回合,渐渐招架不住。但为了救丈夫的命,她不能放弃,只能苦苦支撑。

"住手!"随着一声断喝,只见山主南极仙翁走了出来。白素贞见到山主,垂泪合掌,央求道:"求仙翁给我一株仙草,救救我的官人!"南极仙翁捋了捋花白的胡子,一声长叹:"听闻你开药店济世救人,我这灵芝仙草,本也是用来救人的——拿去吧!"白素贞大喜,拜了三拜,收好仙草,驾起白云,昼夜兼程地赶回了保

和堂。

灵芝草药汁灌下去后，没一会儿，许仙慢慢睁开了眼睛，一见白素贞，立刻惊慌失措地喊道："你……你……"白素贞连忙安慰他："官人，刚才你吓着了吧，我不胜酒力，醒来发现一条白蛇竟然盘在我身边，幸好小青及时赶到，你看见的白蛇已被小青杀死了。来，我扶你去看看。"许仙见白素贞一脸倦容，又对自己满是关切，便半信半疑地随她到院子里，果然那条水桶粗的白蛇已经被杀死，小青在旁补充道："相公没有看错，我买了丝线回来，那白蛇正要飞起，我赶紧取了雄黄酒泼它，又用桃木剑刺，这才救下了姐姐。姐姐这一吓，恐怕是动了胎气了。"许仙心想：娘子若是妖怪，哪里还能救自己醒来，怕不早把自己抽筋扒骨了！于是深信不疑，赶紧给妻子去煮安胎药了。白素贞一路艰辛，如今看他安然如故，不禁落下泪来。夫妻又重修旧好。

端午过后，生活恢复了往日的平静。白娘子越是温柔，许仙就越是怪罪自己轻信他人，冤枉了有孕在身的妻子。想起这一切都源于法海，便想去给自己娘子讨个公道。于是假托要到金山寺还愿，一个人动身找法海讨说法去了。

进了金山寺，许仙还没开口，法海便微微一笑道："施主不相信也是正常，那是这妖孽道行深的缘故。施主放心，不出一个月，老衲定会将她捉住，镇在宝塔下面，叫她永世不得再蛊惑人。"许仙忙不迭地说："老法师，谢谢你的好意，请你以后不要再冤屈好人。我的娘子不是妖怪,她对我一心一意,从无二心。今后我们夫妻俩的事,就不劳你烦心了。"

法海哼了一声,说:"施主这般执拗,恐怕会越陷越深,她是人是妖无须多言,你迟早会知道。眼下你不如在寺中多住些日子,清心修行,趁早了断孽缘。"说完便命小徒拦住许仙,硬生生把许仙扣在了寺中。

这边白素贞见丈夫迟迟未归,心中不安,便和小青划着小船,一起到金山寺来寻许仙。法海手持金钵,拦在寺前:"大胆孽畜,竟敢寻上门来自投罗网!"

白素贞按住心头之火,好声好气地商量:"我开我的药房,你做你的和尚,井水不犯河水,你何苦一定要和我作对?都说'冤家宜解不宜结',你就放我官人回家去吧!"

法海一阵冷笑,喝道:"大胆妖蛇,你来到凡间妖言惑众,迷惑许仙。如今许仙已经认出你的妖身,决心拜我为师,你好自为之!今日你若自废功力,从此不再施妖法作孽,老衲慈悲为怀,便放你一条生路!"

一旁的小青怒眼圆睁,骂道:"臭和尚,废话少说! 马上放人万事皆休,否则踏平你这鬼寺!"法海一听火冒三丈,大红袈裟一飘,舞动手中青龙禅杖,就和小青斗在了一起。

小青功力远远不及法海,青龙禅杖敲下来犹如泰山压顶;白素贞上前奋力相助,但有孕在身,不敢恋战。她们退到金山下,跳上

了来时小船，白素贞救夫心切，拔下金钗，迎风一晃，变成一面小令旗，旗上绣着水纹波浪；小青接过令旗，举上头顶摇了三摇。白素贞口中念念有词，转眼滔滔江水汹涌而来，把金山寺团团围住。一群虾兵蟹将舞刀弄棒，成群结队冲金山寺杀了上来。

大水漫到金山寺门口，法海大吃一惊，慌忙脱下袈裟，向空中一甩，罩住金山寺，把滔天洪水拦在外面。洪水涨高一尺，大罩子就升高一尺，任凭波浪多高，总是冲不过去。双方相持多时，洪水无情，四处肆虐，无辜百姓的家园瞬间淹没在滔滔大水中。白素贞不愿再牵连无辜，只好收兵，退回杭州隐匿了起来。

再说被法海关在金山寺里的许仙，死活不肯剃掉头发做和尚。被关了半个月后，终于找到一个机会逃了出来。

许仙跑回保和堂，发现人去楼空，白素贞和小青都不在了，只得收拾东西，在杭州四处打听妻子的下落。

白素贞在金山寺一战动了胎气，不久便早产了一个男婴。产后没多久，法海便手持金钵找上门来。

小青拦在白素贞前面说："老和尚，我姐姐是人是妖，是好是坏，关你屁事！倒是你扣押我姐夫，拆散人家夫妻，伤天害理，现在还要上门破坏？！"

法海道："阿弥陀佛，妖孽！人妖不同类，怎可通婚！如今你水漫金山，滥杀无辜，触犯天条，遭天谴是你自作自受！老衲自要替天行道收了你们！"说着便悬起金钵，对准白娘子罩来。可怜白娘子深知自己水漫金山犯下重罪,心中愧疚难安,又刚产子不久,身弱乏力,无力反抗,只能束手就擒。

小青要冲过来与法海拼命,白素贞急忙喊:"小青快逃!他不敢杀我。你不是他的对手,带好孩子练好本领再来救我。快走!"小青也知自己远不是法海对手,当下处境一目了然,无奈之下只能抱着孩子化作一阵青烟消失了。这时金钵从天而降,重重地罩住白素贞,只听白素贞在金钵里大喊:"青儿,你千万要找到官人,养大孩子!"金钵越缩越小,越缩越小……最后法海收了金钵,在南屏山净慈寺前的雷峰山顶上造了一座塔,把金钵砌进去,他则在净慈寺里住下来镇守。

小青回去寻到许仙,把姐妹俩的来龙去脉坦诚相告。最初的惊诧过后,许仙低头对着襁褓中的儿子开始又哭又笑。哭娘子虽是异类,却对自己情深义重,现陷入奸人之手而自己无力相救;笑的是亲骨肉失而复得,父子终于相见。

时光飞逝,一晃二十年过去了,在深山潜心练功的小青听闻白素贞与许仙的儿子已长大成人,且高中了状元,便下山来,带他到雷峰塔前叩首,给自己未曾谋面的母亲行礼。白素贞思儿心切,在塔内泪流满面,奋力挣脱,想出去见儿子一面,法海立刻举着禅杖前来阻拦。旧愁新恨涌上心头,小青上前与法海在寺前大战起来,打斗声震得地动天摇。

这一战惊动了如来佛祖,如来佛仔细一听,这兵器碰击的声音

061

《水淹金山寺》 陕西凤翔民间木版画

有点耳熟呢,睁眼一看,发现那青龙禅杖正是自己被偷走的法器。于是乘着祥云前来一看究竟。

只见法海和尚和小青正打得热闹呢。法海刚避开小青的青龙剑,正用禅杖向她头上砸去,如来佛在空中用手轻轻一招,那禅杖竟然脱开法海的手,向天上飞去了。法海丢了禅杖,顾不上看个究竟,赶紧扔出袈裟罩住小青,哪知袈裟一出手,也呼的一下,飞向天去。这时候只听轰隆隆一阵巨响,雷峰塔倒塌了,砌在塔下的金钵飞上天去,白素贞恢复了人形,重见天日。

失去了法宝的法海哪里还是小青和白素贞的对手,他慌不择路,一个金蝉脱壳,跳进西湖。白素贞拔下一根金钗,迎风一晃,变成一面绣着水纹波浪的小令旗,小青接过令旗,举上头顶摇了三摇,转眼西湖水干了,湖下一群虾兵蟹将围了上来。法海狼狈地东躲西藏,看到螃蟹肚皮下有个缝,便一头钻了进去,螃蟹把肚脐一缩,法海就被封在了里面。螃蟹以前是直着行走的,自从横行霸道的法海被封进肚子里,螃蟹就再也不能直着走,只好横着爬行了。

直到今天，人们吃螃蟹的时候，只要掀开螃蟹壳，还能看到缩成一团的老法海呢。

白素贞见到已长成英俊青年的儿子，不禁流下了幸福的泪水，一家人终得团聚。

《金山寺》（清末）杨柳青木版年画

鹿　姑　娘

　　很久很久以前,在我国的最北方,有一个叫罕力毛的小伙子,高高的个子,红红的脸庞,一双眼睛明亮有神。在他十五岁那年,一场恶疾夺去了他的双亲,罕力毛含泪安葬了父母。除了间小房子,一只獒犬、一匹青色骏马、一只钩嘴猎鹰就是他的全部财产。

　　罕力毛从小就跟着爹妈以打猎为生,拉弓射箭十八般武艺样样精通。据说他的箭法已到了出神入化的程度——耳朵像猎犬一样灵敏,眼睛如鹰般明亮,凭借声音就能瞬间射中飞禽走兽,且箭无虚发。再加上闪电般的骏马、凶猛的獒犬相助,罕力毛打来的猎物常常堆成了小山。善良的罕力毛就把战利品分给乡亲们。渐渐地,他的好名声传得越来越远。

　　这年冬天,暴雪早早地降临,北风号叫,山上的雪被风吹着,向小房子猛压了下来,像要埋葬了这傍山的小房似的。一株山边斜歪着的大树倒折下来,太阳退缩得见不到踪影。

罕力毛紧紧地拉着青色骏马的缰绳,艰难地在雪地里寻找猎物。大雪封山,哪有什么猎物呢。他走过一道道山梁,跨过一条条冰河,走了很久很久也没有看到一只野兽。眼瞅着雪越下越大,他心中渐渐焦急起来,如果傍晚前再打不到猎物,他和乡亲们恐怕就要断粮了。

突然,猎犬疯狂地吠了起来,一只梅花鹿从眼前一闪而过,在没腿高的雪地里,它竟然轻盈地跳动着。罕力毛毫不犹豫地拉开弓,箭一下子射中了鹿腿,罕力毛兴奋地冲了过去,把战利品扛在肩上,打算回去美美地吃上一顿鹿肉,再用这张鹿皮垫暖自己的床铺。

回到家中,罕力毛准备提刀杀鹿。他刚举起刀,忽然发现梅花鹿双眼中竟满含着泪水,淌血的腿双膝跪地,仿佛在哀求自己。罕力毛一下子心软了,他咽了咽口水,最终还是没办法狠下心杀死这头美丽的鹿。他叹了口气,收起了刀,找了点草药敷在梅花鹿的伤口上。

"这大雪封山的,你又受了伤,不如就先住在这里吧。"罕力毛把梅花鹿留了下来。

在风雪里走了一天,罕力毛累坏了,顾不上咕咕叫的肚皮,脱下湿漉漉的衣服,很快就进入了梦乡。

不知睡了多久,罕力毛醒来的时候,外面的天光已经大亮,屋

065

里竟然像烤着火一样暖和，空气里满是饭菜的香气。"怎么回事？"罕力毛拧了一下自己，不是做梦！他赶紧爬下床，发现自己昨天扔下的脏衣服已经被清洗晾晒过了，灶台里的火烧得正旺，桌上摆着热气腾腾的饭菜，屋子里被打扫得干干净净。出门一看，狗舍马厩，都收拾得利利落落，饲料放得满满当当的。罕力毛有点不相信自己的眼睛。他愣了一会儿，确定这都是真的，可是这是谁做的呢？他一个亲人也没有，这么冷的天，是谁冒着风雪帮他做了这么多事呢？罕力毛顾不上多想，狼吞虎咽地吃了起来，直到打了一个大大的饱嗝。吃饱了肚子，罕力毛立刻收拾好家伙什儿，带上獒犬牵着骏马，准备出门再去碰碰运气。

雪后的山谷更加寂静，罕力毛走了一天，依然一无所获，他有些沮丧，垂头丧气地回到家中。一进家门，天哪，家里灶台炉火烧得正旺，屋里暖得让人冒汗，桌子上摆了满满一桌的山珍海味！罕力毛惊呆了，他从来没吃过这么美味的东西，他端着盘子挨家挨户地去敲门："您知道是谁给我做的饭不？我要好好谢谢他。"乡亲们也不知道是谁干的，他们分享了罕力毛带来的饭菜，连连称赞这个好心人。

接下来几天，每天早上罕力毛起床，每天晚上回家，桌子上都会有热腾腾的饭菜。这一天罕力毛假装出去打猎，走出家门，他把骏马和獒犬安顿在乡亲家，自己悄悄地返了回来。他爬到房后那棵高高的树上，他要看看，究竟是谁给他每天把房间打扫得干干净净,还做出可口的饭菜。

到了晌午,只见院子里他收留的那头梅花鹿,双膝跪地,朝东面俯下了头,就地一滚,竟然变成了一个美丽的姑娘。一头乌黑的秀发,雪白的皮肤,身上穿着漂亮的花布衣裳。她的手轻轻一挥,米缸里出现了洁白的大米,她娴熟地开始淘米做饭。罕力毛再也忍不住了,他嗖地从树上滑了下来,冲进了屋里,一把抓住了正在烧火做饭的鹿姑娘。鹿姑娘吓了一跳,手中的柴火掉到了地上,一双会说话的大眼睛里又盈满了泪水,身体开始发抖,随着她的发抖,她的头顶上重新长出了鹿角。

罕力毛急了,他将害怕的鹿姑娘紧紧地抱入怀中,说道:"我不管你是鹿还是人,我都要娶你做我的媳妇儿!"

听到这番话,鹿姑娘又惊又喜,头顶上的鹿角也开始慢慢消退,又变成了一个美丽的姑娘。她低下了娇羞的脸庞,答应了罕力毛的求婚。

白天罕力毛出去打猎,鹿姑娘就把家收拾得整整齐齐的,做好了饭菜等他回来;罕力毛呢,每天精神百倍,浑身充满了干劲儿,打来的猎物堆成了小山。再说这鹿姑娘,模样俊,人善良,黑葡萄一样的大眼睛,浓密的长睫毛忽闪忽闪的,干起活来却是毫不惜力。每天打扫、砍柴、做饭、缝缝补补,样样精通。她把自己囤的粮食大米,慷慨地分给乡亲们,十里八方的提到鹿姑娘就没有不竖大拇指的。小两口相敬如宾,从来没有红过脸,日子过得要多幸福有

多幸福。

就这样一传十，十传百，鹿姑娘成了老百姓茶余饭后津津乐道的传奇故事，风声很快就传到了王爷那里。这个王爷可是一个贪得无厌的家伙，听说罕力毛家竟然藏了这么一个神奇的姑娘，顿时生了邪念。他派骑兵冲进了罕力毛的村子里，下令交出鹿姑娘。罕力毛义正词严地拒绝了，并且拉开弓箭，誓死保卫自己的妻子。王爷听说自己的骑兵吃了瘪，立刻亲自带队，增派更多的骑兵，团团包围住了罕力毛的小房子。一顿拼杀后，王爷的骑兵竟然没有占到任何便宜，王爷气得大发雷霆，但是看到身强力壮武艺高强的罕力毛又有些心虚，于是高声呵斥道："你这是敬酒不吃吃罚酒！你怕不怕本王将你这破村子一起铲平？"这个勇敢的小伙子用身体护在鹿姑娘的前面，面对王爷毫无惧色。他用洪亮的声音稳稳地问道："堂堂王爷，这是要明抢草民的妻子吗？"

王爷哼了一声，冷笑道："这十里八村都是本王的，你的鹿姑娘自然也是本王的！"

鹿姑娘听罢，不慌不忙地说："王爷若是强抢，民女定会以命相抵！"

鹿姑娘声音不大，却每个字都清晰地落入王爷耳中，他知道这鹿姑娘的来历不一般，于是眼珠子一转，对身边的文官使了个眼色，文官立刻会意，在王爷耳边小声说了几句话。

只听王爷哈哈大笑，摸着胡子说道："叫我放过你们不难，只要你们能做到三件事,我就成全你们!"

"此话当真?"罕力毛惊喜地问道。

"本王无戏言!"王爷说道,"这第一件事嘛也不难,"他的眼睛滴溜溜地在鹿姑娘身上乱转,"听说你手巧会织布,那限你三日之内,给我织出一块大江大河那么大的布!"

鹿姑娘微笑道:"王爷放心,大江我会织,大河我会纺,三日之内必定交工! 那就请王爷尽快把纺大江大河的丝线送到寒舍吧。只要王爷的丝线够,就是让民女纺出天那般大的布,民女也绝没有二话!"

这下轮到王爷目瞪口呆了,他哪知道大江大河有多长多宽呢? 就是知道,他也弄不到那么多的丝线啊。他知道自己吃了哑巴亏,又不肯认输,于是眼珠子一转,想出一个坏主意。"还有第二个事儿,给你们三天时间,给我猎来三百只梅花鹿,不然就乖乖地把鹿姑娘给我送到府上来!"说罢,领着骑兵扬长而去。围观的老百姓议论纷纷,这个主意简直比纺布的要求还要坏! 就算罕力毛的箭法再好,在这个小山岗里,上哪儿去找这三百只梅花鹿呢?

罕力毛犯了难,闷闷不乐地回到家。鹿姑娘却是不慌不忙,照旧烧了可口的饭菜,罕力毛心中有事,一口也吃不下去。鹿姑娘柔声细语地安慰他道:"你尽管放心,待明日我自有办法对付他。"罕力毛半信半疑,但是看到鹿姑娘坚定的神情,他悬着的心慢慢放了下来。

　　第二天旭日将升之时,鸡鸣三次,鹿姑娘轻轻起身,穿上花布罗裙,来到宽敞的后院。她面朝东方,全身匍匐于地面,头轻磕三下,瞬间头上出现一对鹿角,身上的罗裙变成鹿皮。鹿姑娘用手拔下一撮鹿毛扬向空中,口中念念有词,纷纷扬扬的鹿毛落下之时,竟然变成了一只只活蹦乱跳的小鹿,后院顿时热闹了起来。

　　听到动静赶忙出来的罕力毛,被眼前的情形吓了一跳。院子里的梅花鹿越挤越多,鹿角交叉着鹿角,少说也得有几百只。罕力毛兴高采烈地赶着一群梅花鹿浩浩荡荡地来到了王府,梅花鹿把王府挤得水泄不通。王爷看自己的奸计再次落空,眉头一皱计上心来,他叫住正要离开的罕力毛,说道:

　　"既然你做到了第二件事,现在,你可以去完成最后一件事了。我听说你是一个了不起的猎人,那好,在离这儿五百里远的北山上,现在有个惹事的妖精,把那里祸害得寸草不生,鸟兽全吃光了。这妖精一日不除,祸患无穷。你速速前去把它杀死,也算是为民除害了。"

　　王爷这个如意算盘打得响,他明知道北山如今已经是一座妖山,且不说没有一个猎人敢上去打猎,就是壮着胆子上了山,恐怕也是凶多吉少有去无回。一旦罕力毛被妖精吃掉,王爷就可以名正言顺地迎娶鹿姑娘了。

　　罕力毛何曾不明白王爷的阴谋诡计!他垂头丧气地回了家,鹿姑娘看他一言不发的样子,便猜出了七七八八。她拉开小柜,拿出一个布包递给罕力毛,说道:"别着急,我有办法。这里是我绣的北山地图。"罕力毛接过布包,展开细看,鹿姑娘继续说道,"这北山的妖精虽然在山中作乱,却不是什么道行深的家伙,想要制服并不难,你此行只需如此这般即可。"说罢在罕力毛的耳边小声叮嘱了一番,只见罕力毛紧绷的脸庞渐渐松弛下来,露出了笑意。

第二天天不亮,罕力毛从马厩里牵出青色骏马,带上獒犬,挎上弯弓宝剑,背起一麻袋干辣椒、一麻袋艾草,按照鹿姑娘的要求,给马绑上了拾粪袋。他一路往北,翻山越岭跋山涉水,一连走了七七四十九天,才来到了北山。面前的北山高耸入云,果然如王爷所说,山上寸草不生。罕力毛远远望去,只觉阴风阵阵,令人毛骨悚然。此时天色已晚,待太阳完全落下山去,就是妖精出洞的时刻。罕力毛虽然是个好猎手,但是对付妖精还是头一次,他心里仍有几分不安。他遵照鹿姑娘的嘱咐,摘下了马粪袋,将收集的马粪涂在了獒犬的身上,对照着鹿姑娘绣的地图寻上了山,沿着山涧找到了水源头,在一片枯木林尽头,他发现了黑黝黝的洞口。

太阳几乎完全藏到山下去了,罕力毛在洞口支起一口大锅,用干辣椒、黄沙土煮开一锅沸水,煮沸的辣椒水咕嘟咕嘟冒起泡来。罕力毛又点燃了成捆的艾草,一股脑扔进了山洞,烟气迅速弥漫。不一会儿,一只眼睛血红、青面獠牙的妖精被艾草的浓烟熏得不停咳嗽,从洞底逃了上来,说时迟那时快,罕力毛抄起一锅辣椒水泼了过去,滚烫的辣椒水浇中了妖精的脑袋,妖精被黄沙辣椒水辣瞎

了双眼,嗷嗷叫着抱头躺地打滚。涂了马粪的獒犬从黑暗里蹿了出来,妖精寻着马粪的气味晕头转向地扑向獒犬,那獒犬一向凶猛,哪能像马驹子一样坐以待毙,奋力一扑,便将妖精反扑到了身下,罕力毛趁乱冲了过去,一刀砍下妖精的头颅,妖精四肢抽搐了几下,便不动了。

罕力毛恐这妖精余孽未除,索性又用剩余的辣椒和艾草点燃了妖精的尸身,一并扔进了山洞里。火焰噼啪作响,红光冲天,映亮了整个山谷。罕力毛用艾草堵住了自己的鼻孔,一直坐等到天亮,才放心地提着妖精的头颅,牵着獒犬、骑着青色骏马踏上了归程。

话说王爷等了多日不见罕力毛回来,以为罕力毛已经命丧山谷了,他心里窃喜,带上骑兵,一路叫嚣着来抢鹿姑娘回去做新娘,却远远地迎见了正快马加鞭的罕力毛。这拎着妖精头的青年猎人,正背着弓箭,威风凛凛地疾驰而来。待到近处,罕力毛将手中的妖精头扔了过来,王爷瞥了一眼差点吓晕,心里一阵打鼓,这罕力毛连如此凶猛的妖精都能除掉,他哪还敢提半句迎娶鹿姑娘的事情啊。这个横行霸道的王爷早没了往日的威风,哆哆嗦嗦地说道:"罕力毛,你你你……你为民除害,本……本王要重赏你,你要什么金银财宝我都给你!"

罕力毛笑了笑道:"我不要什么金银财宝,只要你记住,今后若再仗势欺人,就是这妖精的下场!"

王爷哪里见过妖精的这般死相,早已经吓破了胆,带着他的人马落荒而逃。从此,罕力毛和鹿姑娘同乡亲们过上了平静幸福的生活。

宝　莲　灯

在华夏大地上,有东岳泰山、南岳衡山、西岳华山、北岳恒山、中岳嵩山五座名山,下面这个故事是关于西岳华山的。华山本来叫花山,由东峰朝阳、南峰落雁、西峰莲花、北峰云台、中峰玉女五座山峰组成,几座山峰犹如花瓣般绽放在关中大地上,甚是美丽。

掌管华山的神仙三圣母娘娘,有着花朵一样美丽的容貌,花瓣一般温柔的性格。她住在莲花峰顶的圣母殿里,手边有一盏王母娘娘赠的镇山之宝——宝莲灯。

只要宝莲灯大放异彩,不管哪路妖魔,哪方神仙,要么束手就擒,要么逃之夭夭。不过三圣母心地仁慈,很少发怒,反而时常不辞辛苦,用神灯指引在山中迷路或陷入危难的凡人。

这天,大雪纷飞,山中空无一人。三圣母独自在殿中,忽见一人跨进庙来。她急忙登上莲花宝座,化为一尊美丽、娴静的塑像。

进来的是位进京赶考的年轻书生,名叫刘彦昌,因路遇大雪,进庙避一避。他刚一跨进大殿,迎面就被三圣母的塑像吸引住了。他痴痴地望着塑像,不禁深深地叹了一口气,道:"梦里曾寻你几百回,今日竟然在此相见。不承想你竟是一尊没有血肉、没有知觉的塑像,倘若你有血有肉,能听到我的心声,那该有多好,也不枉我此生!"

三圣母听着这般痴情诉说,默默地凝视着刘彦昌,心里也泛起了涟漪:人们拜见她,多是有事相求,哪里有人是来表白爱慕的呢?眼前这位年轻书生英俊潇洒有文采,对自己满怀深情,自己又何尝不心动?可是,一个上界仙女,一个下界凡人,如何能缔结姻缘?!

雪停了,三圣母目送怅然离去的年轻人,心中有些依依不舍。

这山林多猛兽,三圣母拎了神灯,悄悄地跟在刘彦昌的身后。刘彦昌离开圣母殿没走多远,山中忽然起了大雾,让他寸步难行;这时四面又传来狼嚎虎啸,令他心生畏惧。突然,一只猛虎跳了出来,没等刘彦昌反应过来,三圣母赶紧提起神灯冲到猛虎面前,猛虎受惊逃走了。刘彦昌呆呆地望着眼前搭救他的女子,一眼便认出她是圣母殿里的三圣母娘娘。他又惊又喜,一时间不知说些什么好,竟动了在此地安家落户的念头。

两人相见恨晚,情投意合。三圣母娘娘不顾神、凡不可通婚的天条,毅然决然地嫁给了刘彦昌,不久就怀上了孩子。二人沉浸在

075

新婚的幸福之中。很快，刘彦昌考期临近，苦学十载，为的就是金榜题名一刻，他不得不动身上路。临行前，刘彦昌赠给妻子一块祖传沉香，说日后生子就以"沉香"为名。二人十里相送，执手相看泪眼，难舍难分。

世上没有不透风的墙，三圣母私嫁凡人的消息让她的哥哥二郎神知道了，二郎神勃然大怒。要知道这私嫁凡人对于神仙来说可是大罪，不仅败坏自家的门风，还触犯了天条。一旦玉帝问罪，自己必受牵连。于是二郎神毫不犹豫地点起天兵天将，放出哮天犬，直奔华山兴师问罪。

见到妹妹后，二郎神发现三圣母已身怀六甲。兄妹俩话不投机，当下便动起手来。二郎神取出金弓，但三圣母有宝莲灯护身，射出的银弹根本近不了她的身。二郎神又使出开山斧、两刃刀，三圣母全力相拼，护住腹中胎儿。打着打着，三圣母忽觉腰酸腹痛。她一踉跄，一旁虎视眈眈的哮天犬趁机冲上来，一口咬住了宝莲灯。

失去了宝莲灯，二郎神一下子就捉住了三圣母。他劝三圣母打消凡心忘记刘彦昌，但沉浸在幸福中的三圣母坚决不从。二郎神气得哇哇直叫，一掌把三圣母打入莲花峰下的黑云洞里。

三圣母在暗无天日的黑云洞里生下了儿子沉香。为防不测，她写下血书放入孩子怀中，把孩子托付给了土地神，并嘱咐：一个月后在圣母殿，将孩子交给相约前来的刘彦昌。

再说上京赶考的刘彦昌,他一举金榜题名,被任命为扬州巡抚。走马上任前,他特地赶往华山,来见妻儿。谁知圣母殿里积满灰尘和蛛网,看来已荒废多时。再看三圣母塑像,虽说容貌依旧,却面带愁态,神色忧伤。

刘彦昌正在低头难过,忽然吹来一阵带着香气的风,风中有孩子的啼哭声。刘彦昌猛一抬头,只见香案上躺着个婴儿,正蹬手蹬脚地哭呢。他连忙上前抱了起来,是个男婴,脖子上挂着沉香,怀里还揣着血书。

刘彦昌把血书从头到尾读完,不禁泪如雨下。原来三圣母遭此大难,眼前的男婴就是自己的儿子沉香。他流着眼泪把沉香带回扬州,雇了奶妈,留在自己身边细心抚养,亲自教他读书写字。沉香一天天长大,聪明伶俐,身强体壮,也渐渐地懂事了。只是孩子每每问起母亲,刘彦昌总是搪塞过去。

十三岁那年,沉香偶然在父亲的箱柜里翻出血书,血书中三圣母娘娘一五一十地陈述了自己被压制的经过,沉香才得知自己的母亲并非不在人世,而是被神力压在山下。沉香久久不能平静,他决心救出母亲,但父亲对此总是摇头叹息。这天,沉香实在忍不住了,他带上血书,不辞而别,独自上华山救母。

沉香走啊走,忍饥挨饿,手脚磨破,历尽千辛万苦,终于来到了华山。可是母亲在哪里呢?

想到自己这些年与父亲相依为命,母亲却活在暗无天日之处,

他忍不住放声大哭,悲伤的哭声在山谷中回荡。突然一个声音传来:"这是谁在哭嚎?惊扰了我的美梦!"

原来沉香的哭声惊动了过路的霹雳大仙。沉香上前作了一个揖,拿出血书,一五一十地把母亲的遭遇告诉了霹雳大仙。好心的大仙看了血书,又看了看眼前这个稚嫩的少年,深为善良的三圣母和可怜的孩子抱不平,他对于能否救出三圣母并没有把握,不过他还是答应带沉香去找母亲。大仙对沉香说:"你若想救出母亲,需要有两样物件,一个是神力,一个是神斧。不过要取得这两样神助并不简单。"沉香顾不了那么多,诚恳道:"只要能救母亲,我什么苦都愿意吃!"他催大仙赶紧上路。大仙在前面行走如飞,沉香没有神力,在后面吃力地紧紧相随。他咬紧牙关,跑啊跑,跑得脚都烂了,也不敢落下半步。

前面出现了一条大河,只见霹雳大仙一飘就过去了。没有桥,也没有船,沉香想也没想,毫不犹豫地跳下河,想游过去追赶大仙。谁知这河不是一般的河,而是天河。沉香在天河里几次被河水吞噬,都不放弃,拼死挣扎。突然河水中传来咆哮声:"大胆凡人,竟然入我通天河!你现在回头还来得及,不然小命不保!"沉香边挣扎边喊道:"我要救母亲,今日如果不能救母亲,我也不打算回去了!"河神见他如此坚定,怒而兴涛作浪起来。沉香咬牙坚持住,经历天河水冲洗历练,忍受了脱胎换骨之痛,沉香获取神力,变得力大无比。

冲过了神河，霹雳大仙告诉他，前面山里锁着一把宝斧，有了这把宝斧，他才能劈开华山。沉香直奔过去，只见那里烈火熊熊，团团火焰直往外蹿。沉香一心取宝斧，想也不想，奋不顾身地往烈火里跳。烈火焚身，噼啪作响，痛入骨髓，但沉香并不害怕，为了救母亲，他什么都可以忍受。穿过烈火，他看到一把宝斧锁在山崖上，闪耀着红光。沉香一步跨了过去，大力扭断锁链，取下宝斧。

有了神力和宝斧相助，沉香谢别霹雳大仙后半刻不敢耽搁，独自来到华山黑云洞前，大声呼唤娘亲。声音穿透重重岩层，传入了三圣母的耳中。

三圣母没想到儿子小小年纪能来救自己，激动不已。但她深知哥哥二郎神神通广大，手握天兵天将，沉香年幼，还是凡人，如今宝莲灯也不在自己手中，儿子哪里是他的对手？无奈之下，三圣母叫儿子不要轻举妄动，还是去向舅舅求情乞谅为好。

沉香听了母亲的话，来到二郎神庙，向舅舅二郎神苦苦哀求，希望他放了母亲。谁知二郎神不为所动，听完沉香的诉说，怒喝道："混账，你母亲触犯天条戒律，理应受罚！我没有惩治你，你倒来找我徇私！"他抽出三尖两刃刀，劈头向沉香砍来。

沉香抡起宝斧，迎了上去。二人刀来斧往，变龙变鱼，从天上杀到地下，从人间杀到天庭，直杀得地动山摇，天昏地暗。

这事惊动了天上的太白金星，他派四位仙姑来看个究竟。四位仙姑站在云端看了一会儿，犹豫不决。两位仙姑觉得二郎神自

小丧父母,和妹妹相依为命,做事公正不偏私;另两位则认为沉香一心护母,孝心足以感动天地。四位仙姑争得不可开交。太白金星见四仙姑久久未归,只得亲自下凡一看究竟。听了原委之后,该如何定夺,太白金星也连连叫难,只得速速赶回天宫禀报此事。这时辰,沉香越战越勇,二郎神竟招架不住,只得落败而逃,宝莲灯也落到了沉香的手中。

二郎神败回天庭,他跪在玉帝面前,表示愿代妹妹谢罪,顿时勾起了玉帝对陈年旧事的追忆,想起当年二郎神丧父之事,再加上众仙在旁求情,玉帝一时起了恻隐之心,决定网开一面,不再追究。

而沉香则一刻不停,立即赶回华山,来到黑云洞前。他略一定神,抡起宝斧,猛劈过去。随着轰隆隆一声巨响,华山裂开了,受尽整整十三年囚禁之苦的三圣母重见天日,和儿子紧紧抱在了一起。

《宝莲灯》 (清代)杨柳青木版年画

梁山伯与祝英台

相传东晋时期,祝家庄的祝公远员外有八个儿子,他此生最大的心愿便是有个女儿。到第九个孩子出生的时候,祝员外紧张地在门外踱来踱去,简直比里面的产妇还要度日如年,终于听到接生婆高声报喜:"恭喜员外,喜获千金!"祝员外喜出望外,激动得差点跳了起来。

祝员外老来得女,给这最小的小九取名"英台"。从小被父母视为掌上明珠的祝英台,知书达理,聪慧过人,十分有个性。那个时代女子无才便是德,但祝英台喜欢读书,吵着要去上学。祝员外经不起女儿的软磨硬泡,便答应送她去学堂。但转念一想,若让女儿外出读书,实在是有失体统,传出去岂不是要被笑掉大牙?便对祝英台说道:"自古女子不上学,我给你请来先生,在家教你习字读书可好?"

祝英台铁了心要溜出家去看看外面的世界，说道："爹爹，女儿早想好一个妙计，我女扮男装，远离家乡去念书，这样就不会有辱父亲的名声了。"祝员外气得吹胡子瞪眼，无奈这些年的娇惯，祝英台才不怕他哩。早早收拾好了行囊，穿上了哥哥的男装，在爹娘的不舍中，祝英台告别家乡去外地求学去了。

再说浙江会稽（kuài jī）府的梁村有个勤奋厚道的小伙子叫梁山伯，是村民梁光汉的儿子。虽然家境贫困，但他自幼聪颖过人，四五岁的时候听大人讲故事，竟能过耳不忘。给小伙伴们讲的时候，还能绘声绘色地加上自己的描述。数数算账一清二楚。帮母亲上山砍柴，总是比别人砍得多。放羊喂鸡，干什么都是一把好手。长到十岁的时候，看到富家子弟开始上学堂念书，梁山伯很是羡慕，但他家没有钱，交不起学费，他就在学堂外窗根下偷听，有时候听得入了迷，竟然忘记了回家。先生讲的东西，他反复地背，烂熟于心。

这天，学堂里的先生查背书，一连叫了五个，堂上的富家子竟然没有一个能答得上来的，先生刚要发火，窗外的梁山伯忍不住流利地背了出来。先生没想到窗外还有人，很是惊奇，忙唤他进来，一看是个清秀俊朗的后生，神态落落大方。先生又考了他几句，依然对答如流。先生看着喜欢，问他道："你是哪家学堂孩子，为什么躲在窗外？"梁山伯恭恭敬敬地答道："我没有上过学堂，家里没有钱供我读书，我喜欢听先生的课，就躲在窗外偷听了。"先生心生感慨,有心想培养这个聪慧的孩子,便让他引路,来到了梁家。

先生对梁光汉说:"你这个儿子聪明过人,好好培养将来必成大器。我有心收这个孩子,不知你意下如何。我不收他学费,只要他愿意下功夫苦学,成名后不忘我这个先生就行。"

梁光汉一听喜出望外,赶紧让儿子给先生行礼。

梁山伯就这样进了学堂。四书五经过目不忘,吟诗作文出口成章,很快他就成了班中的佼佼者,年年考第一。一转眼过了三年,先生把梁山伯叫到跟前,对他说道:"在这儿为师能教你的已经不多了,你天资好,悟性高,又不怕吃苦,是个读书的好料子。我资助你学费盘缠,你拿着这封引荐信函,去鄮(mào)城四明学馆,再去拜师学习,他日你若高中,不忘为师就好。"

梁山伯一听先生要供自己继续读书,"扑通"一下就给先生跪下了。别过恩师,梁山伯肩挑竹书箱,背好随身干粮,一路向东,日夜兼程。

这一日,梁山伯来到渡口,准备搭船渡江去鄮城。等船时刻,天上突然乌云密布,哗啦啦下起了瓢泼大雨。草桥亭中站着一位书生模样的清秀男子,对身边背行李的书童说道:"快去请那位兄台过来一起避避雨。"小书童冲着梁山伯喊道:"我家小姐……"忽又改口道,"这位公子,请过来避避雨吧。"梁山伯赶紧背着书箱进了亭子。那位书生作揖道:"这位兄台可是去鄮城?"梁山伯一看是同行者,年龄相仿,又同去一个地方,便高兴地和他攀谈起来。两

083

人互报了姓名,这书生不是别人,正是男扮女装的祝英台。

梁山伯奇怪地问道:"刚才听这位小哥唤小姐,不知是……"

没等书童回答,祝英台抢言道:"兄台见笑了,我家中有个九妹,平日使唤我这书童使唤惯了。九妹今日见我出门读书,她也吵着要来,但是爹爹死活不让她出来。"

梁山伯说道:"女子无才便是德,这女子读书仿佛就是大逆不道,这实在是不公平。女子也是父母生养,让女子懂仁义、知礼智、明事理,这有何不妥呢?"

祝英台见这青年竟然为女子抱不平,心中不免平添几分好感。她朝梁山伯作了个揖,道:"小弟与梁兄的想法不谋而合。你我实在是有缘之人,年龄相仿,遇上同一场雨,同在一个亭下躲雨,又要去同一个地方求学,这不正是有缘

《民间故事——梁山伯与祝英台》 特种邮票

千里来相会吗?"

梁山伯赶紧还礼,道:"正是正是,有缘修得同船渡,你我实在是有缘人。这一路上不免要麻烦贤弟。"

祝英台笑道:"如果兄台不嫌弃,不如我们插柳为香,结拜为兄弟可好? 今后你我兄弟有饭一起吃,有福一起享。"

梁山伯也有此意,他折下亭边的柳枝,祝英台收集了一些泥土,堆成一个香台的模样。梁山伯十七岁,祝英台十六岁,二人相对拜了八拜,又一起拜了天,拜了地,约定从此同生同死,要像亲兄弟一样互助互爱。

雨停了,两人结伴前行。祝英台虽然娇生惯养,但举止大方彬彬有礼,二人谈诗聊逸事,一路上有说有笑,祝英台对梁山伯的见识十分钦佩。

走了几天,到了四明学馆,梁山伯和祝英台在书馆安顿了下来。二人天天一起读书写字,谈诗论文,感情愈发深厚起来。祝英台身子弱些,偶有伤寒,梁山伯亲自煮药,嘘寒问暖。梁山伯盘缠不够,祝英台与他同吃同住,暗中贴补。就这样一晃过了三年。

这天,祝英台收到了家里的来信,信中说道:"英台你离开家已经三年,家中日日夜夜思念,尤其是你娘亲,近日茶不思饭不想时常以泪洗面,忧思成疾。父母年事已高,望女速归。"

祝英台离家多日,也很思念父母家人,一看娘亲病倒,不免有些坐立难安归心似箭。但想到此次一回不知何时才能再与梁山伯

相见,她沉思半晌,起身去跟先生和师母道别,跪谢教诲之恩;随后祝英台解下身上的玉佩,交给师母,说道:"还有一事请师母帮忙。我与梁山伯同窗共读,感情深厚,还要劳烦师母替学生将此物转交给梁兄。"

师母接过玉佩,问道:"你怎么不自己给他呢?"

祝英台脸红道:"我与梁兄朝夕相处,告别之时怕掉了眼泪被兄长取笑,还是请师母帮忙代交吧。"

这玉佩是祝英台家中祖上留下的吉物,已经随身十几年,如今她让师母代交梁山伯,其实是想留下定情之物。

祝英台收拾好行李,梁山伯送她出门,两人依依难舍。走到凤凰山前,祝英台指着凤凰山说道:"凤凰山前凤求凰,我是凤来兄是凰!"

梁山伯听罢哈哈大笑:"贤弟真会说笑,你我二人是兄弟,怎么成了凤凰了?夫妻二人才可称为凤凰呢!"

祝英台不语。二人走啊走,走到一片水塘前,祝英台又指着水塘中的鸳鸯说道:"天上鸟儿成双配,水里鸳鸯成双对。英台若是红妆女,愿和兄长鸳鸯配。"

梁山伯听罢连连摆手:"你我二人是兄弟,怎么能是夫妻啊?不合适不合适!"

二人继续往前走着,走过一座独木桥,祝英台说道:"我和兄长过木桥,牛郎织女渡鹊桥。"

梁山伯摇头道："贤弟定是忧思过重糊涂了,你我兄弟,怎么又成牛郎织女了? 不妥不妥!"

三年来他们俩形影不离,白天一起读书、玩耍,晚上一同温习、休息,好得像亲兄弟一样,从没发生过争执。祝英台掩饰得好,梁山伯一直没发现她是女子。

祝英台见梁山伯完全没有察觉,轻轻地叹了口气,问道："不知梁兄可曾婚配? 有没有中意的女子?"

"我家境贫寒,求学已经是先生资助,"梁山伯低下了头,说道,"哪有人家愿意把女儿许配给我这样的穷小子呢? 父母为此事也甚是忧心。"

祝英台眼睛一亮,忙道："梁兄,小弟家有个九妹,是我的同胞妹妹,人品相貌都与我一模一样,不知道兄台意下如何?"

梁山伯一听非常高兴："如果能和贤弟一模一样,那真是求之不得! 只是我家徒四壁,门不当户不对,这实在是委屈了贤妹,不能成婚配。"

祝英台立刻回道："梁兄不必多虑,我去说服爹爹,我九妹是惜才之人,不是嫌贫爱富之女。只要梁兄不嫌弃,剩下的事小弟帮你完成。七夕节,你记着找媒人前来祝家庄提亲。"二人约好日期,又依依惜别一番,就此分手别过。

梁山伯回到书馆,师母将祝英台的定情物交与他,梁山伯感叹道："这贤弟想得实在周全,七夕节我定去赴约。"

祝英台回到家中，见母亲面色红润、体态如常，并不像大病之人，有些疑惑地问道："爹爹在信中说母亲生了重病，可是母亲病情已好？"

祝母一笑道："我这是心病，你一回来啊，我就好了。"

祝英台不解，母亲继续道："你已到了适婚年纪，一天到晚地在外胡闹成何体统！你爹爹给你说了一门好亲事，只等你回来就成亲。这三年你非要读书明理，我们任由你胡闹，等嫁了人，可不能再这样任性了。"

这消息无疑是晴天霹雳，祝英台急得跳了起来，说道："你们想把我嫁给谁？"

祝母说道："这可是你爹精挑细选的好人家。马太守的儿子马文才，人如其名。"

祝英台急得眼泪流了出来："求母亲劝爹爹收回婚约，小女已经有心上人了。"

"什么心上人？胡闹！"霹雳般的声音从身后响起，祝员外早就听说了女儿和一个穷小子每天同吃同学形影不离。

祝英台一脸倔强地反抗道："女儿心意已决！这三年来，我与同窗梁山伯情深意厚，已经私订终身，女儿非他不嫁，不会与其他男子结为夫妇的。"

祝员外一听勃然大怒，一掌拍在桌子上，说道："都是我们从小把你宠坏了！纵容你外出读书，你竟敢私订终身！自古女子婚事都是父母之命媒妁之言,哪容得你这般胡闹!从今天起,你给我老老实实地待在家中,好好地学习女德,不要出去给我丢人现眼!"

祝员外动了肝火,他把祝英台关在家中,命人日夜把守,再也不许她出门。

长亭一别,已近一载,七夕这一天,梁山伯想起祝英台离别时候的嘱咐,请了个媒人,一同前去祝家庄拜访。

祝家庄由家丁把守,门户紧闭。梁山伯远远地站着,媒人上前敲门,一个小童探出头来问:"你找谁?"

媒人答道:"我代会稽府上梁村梁光汉的儿子梁山伯,来向祝老员外的女儿提亲。"

小童缩回了头,不多会儿,祝老员外从小侧门出来,见到媒婆,将将胡须说道:"小女英台自幼娇生惯养无视礼教,女儿家非要跑出去念书已是大逆不道,如今竟然在外与人私订终身,老夫教女不严,愧对祖上。婚嫁还需父母做主,门当户对才是。如今小女已经遵从父母之命有了婚约,烦请转告梁家。您请回吧!"说罢便回府,关上了门。

梁山伯听得真真切切,顿时心头大惊,万万想不到朝夕相伴的祝英台竟然是女儿身!他这才明白离别时祝英台的言外之意,字字是真情,自己竟然不解其意。眼见她要嫁给别人了,回到家里的梁山伯茶饭不思,郁郁寡欢,身体一天比一天消瘦。

这年春天,简文帝举贤良,书馆将学业优异、品行端正的梁山

089

伯推荐了上去,其后梁山伯便接到鄞城县令的任命。顾不得身体虚弱,梁山伯立刻前去就职。到了任上,梁山伯尽心尽责,秉公办事,很快成为百姓口中的好官。不到一年,鄞城政通人和,百废俱兴,只是梁山伯的身体因病痛和劳累过度而更加虚弱了。终于在这年中秋节,梁山伯在巡视姚江水利时,倒在了江边。临终前,他叮嘱衙吏将自己就地安葬,要死守大堤。梁山伯勤政爱民的事迹一传十十传百,很快在百姓中传开了。

祝英台得知梁山伯死了,哭了三天三夜。第四天上,她对父亲和媒人说同意出嫁,但是出嫁的路线要她来定。众人你看看我,我看看你,谁也不知道她这是要做什么,想是她自幼散漫惯了,反正结婚后也没法由着自己的性子了,这最后一次,就应允了吧。

出嫁这天,祝英台凤冠霞帔,红衣粉妆,红色盖头下,泪眼涟涟。她命人在曹娥江上换船,行驶到九龙墟的时候,江上突然风浪大起,船老大随口说道:"梁县令山伯英灵在上,保佑我们一船平安。"祝英台料想这里应该就是梁山伯病逝的地方,她命令靠岸边停船,她要上岸去寻梁山伯的葬身之处。新郎马文才心头大怒,又不便发火,念及风大浪大无法前行,只好由她上岸。祝英台脱下嫁衣,一身素缟,徒步寻到一处新冢前,新立的墓碑上刻着"忠义王梁山伯",祝英台上前跪倒,放声大哭,哭声凄厉,铁石心肠的人听了也要为之动容、垂泪。

此时狂风席卷而来,天地间黄沙一片,随后下起了暴雨。电闪雷鸣中，"哗啦"一声，只见梁山伯的墓被雷劈开了两半。祝英台毫不犹豫地纵身一跳，跃进墓里，身边的丫鬟下意识地伸手去拽，却只拽到一个衣角。墓"轰"的一声又缓缓地合上了，最后关闭的那一刹那，只见裂痕中竟然飞出了一对美丽的蝴蝶，翅膀色彩斑斓。它们振翅高飞，在低空中盘旋一圈便自由地飞向远方。说来也怪，随着墓碑的合拢，狂风暴雨戛然而止，顷刻间风和日丽、阳光明媚。

　　自此之后，这条江上风平浪静了很多年。九龙墟上空，总能见到一对美丽的蝴蝶在翩翩起舞、追逐嬉戏。人们说那是梁山伯和祝英台变的，他们俩从此永不分离。

包龙图铡美案

话说北宋年间,河南开封府尹姓包名拯,人称"包青天"。在包拯查陈州赈灾物资的时候,宋仁宗钦赐他御铡三刀,放在公堂上。三刀中的龙头铡刀,可铡皇亲国戚、凤子龙孙;虎头铡刀,可铡贪官污吏、祸国奸臣;狗头铡刀,可铡土豪劣绅、恶霸无赖。三刀在此,就等同于皇帝亲临,且皆可先斩后奏。铁面无私的包拯和他的三口铡刀,令作奸犯科者闻风丧胆。

这天,开封府的鼓被擂得震天响,包拯端坐案台前,大喝一声:"何人有冤情,带到堂前!"一个风尘仆仆的女子领着两个瘦弱的孩子走了进来,见到了包拯,一下子跪倒在大堂上失声痛哭起来。包拯见她衣衫褴褛、蓬头垢面,哭得伤心,两个孩子吓得不知所措,沉声问道:"你姓甚名谁,有何冤情,状告何人?"

那女子渐渐止住哭声,抽搭地说道:"民女姓秦,名香莲。民女要告的,不是别人,正是当今圣上的驸马爷——陈世美!"

包拯听闻,心头一惊,"啪"的一声,拍起惊堂木,大喝道:"大胆刁民! 竟敢在朝堂上有辱当今驸马!"

秦香莲见包拯发怒,吓得把头磕得咚咚响,连连说道:"民女冤屈! 还请青天大老爷明察!"

包拯见她说得真切,而此案涉及当朝驸马,非同小可,不可小觑,更加不敢马虎,他说道:"你有何冤屈,细细道来。如有冤情,本官自会为你做主;如若是诽谤当朝驸马,你可知此罪有多重?"

秦香莲抬起头,泪盈盈地道:"青天大老爷明鉴,民女何尝不知状告驸马的结果,但是民女,真的是走投无路了。您且听我细细道来。"

原来,这秦香莲三十二岁,本是湖广均州人氏,十年前许配给同村陈世美,家住离城十里陈家庄,二人婚后生有一男一女,取名冬哥、春妹。陈世美相貌堂堂,长得一表人才。他一心苦读圣贤书,立志考取功名。秦香莲便担起家中重担,不辞辛劳地耕种纺织、操持家务,侍奉公婆、抚育儿女。三年前,陈世美赴京赶考,临行前,秦香莲给他收拾好行囊,千叮咛万嘱咐,唯恐他在外吃苦;嘱他揭榜后务必先给家里送个信儿,不要让年事已高的父母牵挂。

谁知,陈世美刚走,均州就遭遇大旱,三年颗粒无收,老百姓生活苦不堪言。秦香莲拖着公婆幼子一家老小挖野菜,把能吃的都吃了,公婆饿得皮包骨头,不久便生了重病。公婆临死前,念念不

忘陈世美。身无分文的秦香莲,卖了头发换来钱,才将公婆安葬在荒山上。这陈世美一去三年,三年间杳无音信,秦香莲担心陈世美遭了难,在家乡也实在没有活路了,于是携一双幼子一路乞讨,进京来寻夫。

进京后,秦香莲四处打听,得知陈世美不仅高中了状元,还被招为东宫驸马,顿时感到天昏地暗。秦香莲拖着儿女寻到了驸马府,求见陈世美。守卫的门官起初见他们衣衫破烂不愿传话,后听她自称是驸马千岁的原配夫人,心生疑惑,于是细细问她驸马爷的生辰八字祖籍故里,一一回复竟丝毫不差。那两个孩子虽然面容肮脏,细看眉眼倒是与驸马爷颇为相像。门官心里有些打鼓,寻思着放与不放这娘仨进府,自己都难逃一顿棒打。他心生一计,说道:"妇人你过来,你将罗裙撕下半片交与我,我放你进去——驸马千岁如若怪罪,就说你硬闯,根本拦不住,将你罗裙都撕下来半片。你看如何?"

秦香莲谢了门官,拉着两个孩子,闯进驸马府,门官假装在后面追赶,边追边喊:"你不能进去! 你不能进去啊!"府内众人七手八脚地上前阻拦,秦香莲大喊起来:"相公啊,相公,是我啊,我是香莲啊!"陈世美听到动静,唤下人问话,下人回话,说是闯府者乃一妇人名叫秦香莲,陈世美一听,顿时五雷轰顶。因为陈世美迎娶公主的时候,可是对皇帝信誓旦旦说自己尚未婚配的。他做梦也想不到这农妇竟能带着孩子千里迢迢找到京城来,这可怎么办?

正犹豫不决间，一抬眼，看到眼前这繁花似锦、金碧辉煌的驸马府，立刻想到，他现在娶的可不是一般人家的女儿，倘若事情败露，不仅荣华富贵没了，这欺君之罪，自己也是担待不起的！于是他毫不犹豫，命家丁把秦香莲母子三人赶出了府。

赶走了母子三人后，陈世美为绝后患，竟然心生杀意。他叫来手下武士韩琦，命他前去追赶刚刚离府的母子三人，将其灭口，不留后患。

韩琦奉命追杀，一路寻到城外的一家破庙，刚要破门而入，听见里面有哭声，一个孩子哭道："爹爹为什么要把我们赶走？"韩琦破门而入，呵斥道："谁是你爹爹？"年龄大的那个壮起胆子答道："陈世美是我爹爹。"说罢俩人又大哭起来。韩琦感觉事有蹊跷，仔细地盘问秦香莲事情的前前后后，这才恍然大悟，原来自己要杀的，并不是驸马爷的什么仇人，而是驸马爷的结发妻子和亲生骨肉！想自己一身武艺，到头来竟要帮忘恩负义之人杀妻灭子，良心实在难安；可是如果不杀这母子三人，实难交差，回去也是死路一条。欲杀不忍，欲放不能，韩琦思来想去，最终把心一横，掏出身上的银两，递给秦香莲，说道："这些银两你拿去，快带孩子离开此地！今日不杀你们，驸马不会善罢甘休，此地不能久留，快快离开！"香莲跪谢韩琦，带孩子出破庙后，听闻身后响动，返回一看，韩琦竟然引刀自刎、舍生取义了。香莲大哭，再次跪谢恩公，捡起韩琦的刀，一刻不敢停歇，带着冬哥、春妹一路打听，来到开封府前击

鼓鸣冤。

包拯听完秦香莲的陈述,命手下王朝去城外破庙,找到了韩琦的尸首;又命侍从马汉到驸马府请陈世美前来认尸。陈世美大摇大摆地走进开封府。包拯一行人正在厅内候着,见面一番礼节客套后,包拯开门见山道:"驸马,韩琦死了。驸马可知韩琦因何而死?"陈世美大惊,他完全没料到韩琦竟然死了。包拯继续道:"有母子三人呈上了韩琦的血刀,驸马可要听听那母子三人的状词?"陈世美喝道:"谁要听他们的一派胡言!刀在他们手上,那便是他们杀死的韩琦!杀人偿命,你还不把他们拿下!"包拯说道:"不急。那母子三人驸马可认得?"陈世美哼了一声,说道:"我堂堂状元郎、公主驸马爷,怎么会认识这样的人?"包拯说道:"当真不认得?"

陈世美生气道:"本官的妻只有一个,那就是当今圣上的亲妹妹。好你个包拯,让你为韩琦寻凶手,你倒审起我来了!我要立刻进殿面圣参你一本!"包拯见他理直气壮,当即命王朝、马汉升堂,将陈世美带上公堂,与秦香莲堂上对质。陈世美冷笑道:"你个包黑子,就是升堂,又能奈我如何?!"

公堂上,结发夫妻反目成仇,秦香莲手捧血剑含泪倾诉:这些年孤儿寡母如何在灾年中苟且生存,尽孝道给二老送终,又如何含辛茹苦抚养幼子长大。都说虎毒不食子,可陈世美为保富贵杀结发妻灭亲骨肉,万幸韩琦舍命相救……字字血,声声泪,在场者无不动容,唯有陈世美始终一脸冷漠。包拯问道:"她说的可是实情?"陈世美冷笑道:"是,又如何? 你一个小小的开封府尹,能拿我如何?"转头一脸怒气传唤随从:"备轿! 我要面圣参本!"这包拯一向铁面无私,"啪"地把惊堂木一拍,大喝:"陈世美,如今人证物证俱在,你罪该当诛! 王子犯法与庶人同罪,来人,摘去他的乌纱帽,我先斩了这个贼人,再去向圣上请罪!"衙役当即将陈世美押下。

突然,门外响起太监的传令声:"公主殿下驾到!"包拯众人忙不迭前去接驾。原来是公主见驸马迟迟未回,生怕有什么差池,寻到了开封府。公主沉着脸质问包拯:"驸马爷在哪里?"包拯答道:"已经押入大牢。"公主大惊道:"大胆! 驸马犯了什么罪,要押入大牢?"包拯赔礼,叫出秦香莲,把陈世美杀妻灭子之事又对公主陈述了一遍,请公主一起审理此案。公主听后勃然大怒,喝道:"哪里来的泼妇,胡言乱语污蔑驸马! 来人,把她拖下去,乱棍打死!"包拯一听,拦住公主,问道:"秦香莲与驸马婚配在先,侍奉公婆,抚养幼子,为何要被乱棍打死? 公主处罚可有依据?"公主一下子语塞,恼羞成怒道:"好,好,你找我要依据,我去找国太来评理!"说完,怒气冲冲地离开了。

不多时,国太带着一队人马围了开封府,阴着脸进门便命人拿下秦香莲母子,并怒斥包拯,问什么时候放了驸马。

面对大发雷霆的国太,包拯进退两难,左思右想后他命王朝取来三百两纹银,拿给秦香莲说:"这是我的俸禄,你拿回家度荒年

吧。好好把孩子养大,供他们读书,记住,不要做官。贪图富贵、六亲不认的官,还是不做的好。"

秦香莲看着手里的银两,眼泪又流了下来,说道:"他是官,大人也是官!他是抛妻弃子、六亲不认的官,可大家都说包大人是清廉的官,是为民做主的官,今日见,原来也不过是官官相护,官与官,有何不同?我不要你的银两,我们不告了,我们这就回家。"要撤了状子动身离开。

国太得意地说道:"这原告已经不告了,现在可以放回驸马了吧?"

包拯却被秦香莲的几句话戳中痛处,想自己为官多年,一向刚正不阿,今日竟被人当众指责徇私枉法!他心一横,道:"秦香莲这几句话让下官如梦初醒,做百姓官自要为百姓做主,哪有官官相护的

《打龙袍》 (清代)杨柳青木版年画

道理？人证物证俱在，这杀妻灭子、欺君瞒上的人不铡，天理难容！"这番话语惊四座。国太大喝一声："你敢！"包拯朗声答道："包拯秉公执法，为何不敢？今日我头上这顶乌纱帽不要了，也要将这罪人就地正法！"他手拍惊堂木喝道："罪人陈世美，欺君瞒上，不忠朝廷；上不养老，不孝父母；杀妻灭子，逼死韩琦，不仁不义，禽兽不如！来人，虎头铡伺候，将这不忠不孝、不仁不义、禽兽不如之人，斩立决！"衙役拖出陈世美，搬出铜铡。国太当即晕了过去。在权贵面前，开封府尹包拯无所畏惧，再次站在了百姓这一边，铡死了陈世美。

后人赞颂担任过龙图阁直学士的包拯：龙图包公，生平若何？肺肝冰雪，胸次山河！

《包公割麦》 民间木版画

何　首　乌

很久以前,嵩山玉女峰下住着一户何姓人家,家中只有母子二人相依为命。孩子名叫守虎,从小就懂事,读书很用功。

十九岁那年,何守虎考中了秀才,全村欢腾。乡亲们都为他家高兴,鼓励他:"守虎,再加把劲,中个举人!"何守虎也特别上进,很想再进一步,于是越发勤奋苦读。乡亲们帮扶着这孤儿寡母,东家送吃的,西家送穿的,农忙时大家顺带着把他家的地也播种上,让何守虎静心读书,都盼着他能金榜题名呢。

何守虎深受鼓舞,整整三百天埋头苦读,没有迈出过家门一步。过完年,他就到府城去参加乡试,一举中了头名解元①。

当时的知府大人,正四处为女儿物色年轻有为的夫婿。乡试

---

① 解元:明、清两代称乡试考取第一的人。

放榜后,他就急忙托人向头名解元提亲。何守虎母子俩高兴坏了,这可是双喜临门啊。

没过几日,知府置办了酒席,邀来亲朋好友,准备让何守虎和他女儿成亲。

谁知当知府见到何守虎时,立刻大失所望,没兴头了。原来,经过一年的苦读,何守虎熬得容颜憔悴,骨瘦如柴,丝毫没有风华正茂的样子,看上去像个中老年人。长相这么不体面,知府觉得这桩婚事不般配。但事已至此,没理由悔婚,也只能将就了。怎么说何守虎也是个年轻的新举人啊!

酒宴上觥筹交错,来宾们纷纷向新郎敬酒。何守虎自小家贫,且闭门不出,哪经历过这种大场面?几杯酒下肚,面红耳赤,满头大汗。他随手把帽子一摘,赫然露出了一头白发。客人们一看,议论纷纷:"这知府的新女婿怎么是个老头啊?""这人得多大年纪啊?"本就在强颜欢笑的知府见了,以为何守虎欺瞒了他,顿时勃然大怒,叫来下人:"这个老头隐瞒年龄,欺上瞒下,赶紧给我赶出去!"何守虎当众被赶出了门。

何守虎平日争分夺秒埋头苦读,经常顾不上洗脸,更谈不上照镜子,当下赶紧借来个铜镜,一照之下,自己也吓了一跳:镜中人白发如霜,面容枯槁。他顿时心如死灰,无限悲凉,心想:罢了罢了,这鬼样子,还是回家上山开荒去吧。

何守虎随即扛起锄头,背上铺盖卷,独自上嵩山开荒去了。

他来到青童峰背面，找到一块无主的荒地，开始了天天挖啊刨啊的劳作，就这样，开垦出不少山地。

这天，他干活干到一半，又饥又渴，正寻觅泉水呢，草丛里一株长长的藤蔓引起了他的注意。这不知名的藤蔓，叶子呈心形，茎上开满了绿白色的小花。何守虎举起锄头，用力地刨向根部，凿开的土里露出了细长的黑色根端。他摘下来，擦擦泥土，剥去棕黑色外皮，里面的果肉是浅棕色的，上有云朵状纹理。他咬了一口，甜丝丝的，仔细咂摸咂摸，甜中又有些苦涩。何守虎正又饥又渴，便大口大口地啃起来，吃完顿觉浑身舒坦。

自此以后，只要干活累了渴了饿了，他就寻觅这种黑色块茎，解渴解饿。时间长了，他发觉自己的胳膊腿儿变粗了，身体强壮了，浑身有劲了。就这样，有时生吃，有时煮着吃，他吃这个东西吃了有大半年。

这时已经到了秋天，他收割完庄稼，背着粮食下山了。

回到家里，他娘竟然没有认出他来。他壮实了，年轻了，脸上的皱纹没了，最奇特的是，头上的白发全变黑了。

何守虎借来镜子，镜中出现了个年轻人，满头乌发，脸颊饱满，气色红润，意气风发。

亲朋好友上门来，看到何守虎像变了个人，都相信他有天神相助。于是大家劝他道："守虎，你已中了举人，再进京考考，没准能中个状元呢！"

何守虎心气又上来了，于是精神百倍地又温习起书来。第二年开春，他进京赶考，太和殿殿试，居然高中第三名探花！

而去年把何守虎赶出门的那个知府，这时已升迁至御史。他见新科探花发黑如漆、眉清目秀，一表人才，很是欣赏。再一仔细端详，发觉他很像去年那个被他赶出去的解元何守虎，不禁上前询问。何守虎心无芥蒂，不计前嫌，仔仔细细把开荒种地的经历讲了一遍，听者无不啧啧称奇。

一传十，十传百。从此，凡得白发病的，都到嵩山上寻那种黑色块茎当药吃。

这种药原先不为人知，没有名字。因为是何守虎发现的，世人便称其为"何守虎"。后来何守虎成了朝廷的谏议大夫，为了避讳，人们便改称其为"何首乌"。

赵州桥的传说

　　古时候的赵州，就在现在河北省的赵县。赵州有两座石桥，一座在城南，一座在城西。城南的大石桥，像一道长虹架在河上，壮丽雄伟，民间传说这座大石桥是鲁班修的；城西的小石桥，像浮游在水面上的一条小白龙，活灵活现，都说这座小石桥是鲁班的妹妹鲁姜修的。民间《小放牛》里有这样的唱词："赵州桥来鲁班修，玉石栏杆圣人留。张果老骑驴桥上走，柴王爷推车轧（yà）了一道沟。"这里唱的就是鲁班修赵州桥的传说。

　　相传，鲁班和他的妹妹鲁姜周游天下，这天来到了赵州，一条白茫茫的河拦住了去路。河两岸推车的、担担的、卖葱的、卖蒜的、骑马赶考的、拉驴赶集的，熙熙攘攘，争着抢着过河进城。河里只有两艘小船摆渡，半天也过不了几个人。鲁班看了，就问过路人："你们怎么不在河上修座桥呢？"大家便告诉他："这洨（xiáo）河水

104

104

面宽,水又深、浪又急,谁能修呀?打着灯笼也找不着这样的能工巧匠!"鲁班听了心里一动,便和妹妹鲁姜商量,要为这里来往的行人修两座桥。

鲁班对妹妹说:"咱们先修一座大石桥,再修一座小石桥吧!"

鲁姜说:"行!"

鲁班说:"修桥是苦差事,你可别怕吃苦啊!"

鲁姜说:"不怕!"

鲁班说:"不怕就好。你人笨,手又拙,再怕吃苦就麻烦了。"这话说得鲁姜不高兴了,她不服气地说:"你不要嫌我人笨手拙。这样吧,咱俩分开修桥,你修大的,我修小的,比一比,看谁修得快、修得好。"

鲁班说:"好,比就比! 什么时候动工,什么时候收工?"

鲁姜说:"晚上出了星星动工,鸡叫天明收工。"

一言为定,兄妹俩分头做准备去了。

鲁班不慌不忙地往南山里走去。鲁姜到了城西,急急忙忙地立即动手。她一边干活一边想:非在你前面完工不可。真快,三更没过,她就把小石桥修好了。随后她悄悄地跑到城南,看看她哥哥修得怎样了。来到城南一看,河上连个桥影儿也没有,鲁班也不在。她心想哥哥这回输定了。扭头一看,西边太行山上,鲁班正赶着一群绵羊,蹦蹦跳跳地往山下来了。等走近了一看,哪是什么羊群呀,分明是一块块像雪一样白、像玉一样光润的石头。这些石头

105

滚到河边,一眨眼的工夫就变成了加工好的各种石料。有正方形的桥基石、长方形的桥面石、月牙形的拱券石,还有漂亮的栏板、美丽的望柱。凡桥上用的,应有尽有。

鲁姜心里一惊:这么好的石头,造起桥来该有多结实多好看呀!相比之下,自己造的那个太粗陋了,必须赶紧想法补救。重修来不及了,就在雕刻上下功夫盖过他吧!她悄悄地回到城西,重新修补起来,在栏杆上补刻了盘古开天、大禹治水的图案,接着又刻了牛郎织女、丹凤朝阳的画面。什么珍禽异兽、奇花异草,都刻得栩栩如生。刻得鸟儿展翅能飞,刻得花儿香味扑鼻。她自己瞅着这精美的雕刻心满意足,就又跑到城南去偷看鲁班的进展。一看,不觉惊叫了一声:天上的长虹,怎么落到了河上?再定睛一看,原来是哥哥把桥造好了,只差桥头上最后的一根望柱。她看哥哥要

《赵州桥》(年代不详)杨柳青木版年画

106

赢了,决定跟哥哥开个玩笑。她闪身蹲在柳树后面,捏住嗓子伸着脖子,"咕咕咕"学了一声鸡叫。她这一叫,引得附近老百姓家里的鸡也都跟着叫了起来。鲁班听见鸡叫,赶忙把最后一根望柱往桥上一安,桥就算修成了。

这两座桥,一大一小,都很精美。鲁班的大石桥,气势雄伟,坚固耐用;鲁姜的小石桥,小巧玲珑,清雅秀丽。赵州一夜之间建起两座桥,这事顿时轰动了十里八乡。人人看了,人人夸赞。能工巧匠跑来这里学手艺,巧手姑娘来这里描花样。每天来参观桥的人,像流水一样。

这件奇事很快就传到了蓬莱仙岛张果老的耳朵里。张果老不信,他想鲁班哪有这么大的本领,便邀了柴王爷一起去看个究竟。张果老骑着一头小毛驴,柴王爷推着一辆独轮小推车,两人来到赵州大石桥,恰巧碰见鲁班正在桥头上站着,望着过往的行人笑呢。张果老问鲁班:"这桥是你修的吗?"鲁班说:"是呀,有什么不对吗?"张果老指了指小毛驴和柴王爷的独轮小推车,说:"我们过桥,它经得住吗?"鲁班瞟了他俩一眼,说:"大骡大马、金车银辇①都过得去,你们这小驴、破车还过不去?"张果老一听,这口气也太大了,就有点不高兴,便施法把天上的太阳和月亮收聚来,放在驴背上的褡裢里,左边装着太阳,右边装着月亮。柴王爷也施用法术,聚来

---

① 辇(niǎn):古代用人拉的车,后多指皇帝皇后坐的车。

107

五岳名山,装在了小推车上。两人对视一笑,推车赶驴上了桥。刚一踏上大桥,眼瞅着大桥颤抖了一下,鲁班急忙跳到桥下,举起右手托住了桥身,大桥稳住了。

两人过了桥,张果老回头瞅了瞅,对柴王爷说:"难怪世人称赞,这鲁班修的桥果真天下无双啊!"柴王爷连连点头称是,回头对着鲁班伸出了大拇指。鲁班瞅着他俩的背影,心说:"这俩人不简单啊!"

现在赵州石桥的桥面上,还留着张果老骑驴踩的蹄印和柴王爷推车轧的一道沟。见过赵州石桥的人,如果您看得仔细,没准还能发现桥下面留有鲁班爷托桥的一只大手印呢。

《赵州石桥》 (年代不详)河北武强木版年画

马 头 琴

很久以前,在内蒙古草原上有个名叫苏和的小牧童,爸爸妈妈去世了,留给了他六只羊。他和奶奶相依为命,祖孙俩住在一顶小小的帐篷里,每天,苏和都把他的羊带出去吃草,傍晚的时候,再把羊牵回来。这一天,眼看天都快黑了,苏和还没有回来,奶奶十分担心。草原的夜晚黑极了,奶奶一直在等苏和,等啊等,直到星星一颗一颗地亮起来,苏和终于和他的羊出现在了奶奶面前,苏和的怀里还抱着一匹小马驹。

苏和告诉奶奶,他在河边遇到了这匹小马,小马在水边瑟瑟发抖,他怕小马滑进河里,就在旁边陪它等马妈妈。等了一天,也没有等来小马的妈妈。奶奶说,这是一匹小野马,马妈妈可能是被野兽衔走了,也可能是掉进水里了。把它留下吧,好好照顾,兴许可以活下来。

　　于是苏和挑了一只最壮的母羊哺乳它,找铁匠给它钉上马掌,每天去放羊都带上它。苏和奔跑的时候,小马驹就在后面追他。起风的时候,苏和就依偎在小马驹的身边取暖。有一天他们在路上遇到了狼,小马驹驮着苏和,四蹄生风,苏和挥舞着长刀,成功地击退了恶狼。

　　时间一天天地过去,苏和长成了一个英俊的少年,小马驹长成了一匹漂亮的骏马。它浑身雪白,没有一根杂毛,肌肉的流线十分漂亮。苏和把它当作自己最好的朋友,每天带它去小河边,给它刷毛,白马的毛亮闪闪的,像绸缎一样。苏和对小马说悄悄话,他呼出来的气吹着小马的鬃毛,小马就用脸蹭着苏和。苏和感觉自己说的每句话,小马都听得懂。

　　春天来临的时候,草原上一片生机,这一年,王爷的女儿到了适婚的年纪。一天,王爷问女儿:"你想嫁个什么样的人?爹爹去给你说亲。"王爷的女儿仰起高傲的脸庞说:"我是草原上的公主,我要嫁给跑马跑得最快的汉子。那是我们草原上真正的英雄。"王爷大笑道:"好,就嫁给跑马最快的汉子,我这就举行跑马大会。"王爷命人发布通告:草长莺飞的季节,草原上将举行赛马大会;王爷的女儿会嫁给草原上跑马跑得最快的汉子,另外还会赏给他一群羊。

　　苏和听到这个消息开心极了,有他的小白马,他就是草原上跑得最快的那个汉子。比赛前一天,苏和给小白马喂了草料,拍拍小白马的头,告诉它自己的小心愿:明天一定会赢,他们就是这草原上最棒的搭档。

跑马比赛的那一天,天气不冷也不热,跑马的汉子们一字排开。苏和威风凛凛地坐在他的小白马上,全然不在意他身边的骑手们,骑着名贵血统的高头大马,穿着金丝线的骑服。号声一响,小白马如离弦的箭一般冲了出去,把别人远远地甩在了身后,他们稳稳地拿到了第一名。

苏和牵着小白马,开心地去王爷那里领奖。

没有漂亮的骑服,也没有精致的马辔头,王爷上下打量着苏和和小白马,露出了鄙夷的神情,问道:"你就是草原上跑得最快的汉子?"苏和拍拍他的小白马,骄傲地点了点头。王爷又问:"你家里几口人,有几顶毡房?"苏和说:"家里只有我和奶奶,我们住一顶毡房。"王爷顿时反悔了,他不愿意把女儿嫁给这个穷苦的小伙子,于是他蛮横地训斥道:"你连双不破洞的马靴都没有,还想娶我的女儿?你怎么买得起这样好的马,快说,是从哪里偷来的?给你三个元宝,把马给我留下!"

苏和气愤地说:"我不是来卖马的!谁也别想带走我的小白马!"

"放肆!"王爷大喝一声,他手下的武将齐刷刷地亮出兵器。"啪"的一声,苏和被鞭子抽中了,他昏死了过去。小白马见主人倒下,对着长空嘶叫,一步也不动地守在主人身边。

苏和被牧民们救了回去。他受了很重的伤，几天几夜爬不起来。他的小白马此刻被关在王爷的马厩里，王爷的鞭子抽在马背上，抽得小白马皮开肉绽，抽得小白马单膝跪地，但它依然不屈服。

思念小白马的苏和一直闷闷不乐。一天晚上，他刚睡下，忽然听见门外有声响，起身跑出去一看，是小白马倒在门前，瘦得皮包骨头，身上中了七八支箭。他心疼得眼泪掉了下来，难以想象小白马是怎样一路坚持着逃回了家，却没能坚持到见自己一眼，就这样死去了。

小白马死后，苏和陷入悲痛中，吃不下饭，睡不好觉。一天夜里，苏和在梦中见到了小白马，它从太阳那边跑过来，用轻柔的语气说道："主人，我回来了，再也不走了。你用我的筋骨做一把琴，这样，我就能永远和你在一起了。"

苏和醒来后，依照梦中小白马的话，用白马的骨头雕成马头做琴杆，筋做琴弦，尾巴做琴弓，做出了一把琴，这就是草原上的第一把马头琴。

从此，美妙的马头琴声传遍了大草原。这琴声有一种魔力，人们只要拉起马头琴，唱起歌，就立刻忘掉了烦忧。

【阅读探究】

中国民间故事历史悠久,内容丰富,传播广泛。

我们中华民族的历史有多长,民间故事的历史就有多长。自盘古开天地,三皇五帝到如今:上古的神农氏、秦朝的孟姜女、宋朝的包青天……

我国的民间故事题材多样,内容丰富。历史传说,如《勾践灭吴》;神鬼故事,如《白蛇传》;名胜古迹传说,如《赵州桥》;民俗文化传说,如《屈原与端午》;少数民族故事,如《马头琴》;等等。

中国民间故事在文化背景上具有不同地域的色彩,在主题变化上具有不同时代的特点。白娘子和许仙的故事就有极强的地域性,西湖断桥、金山寺、雷峰塔,都是杭州的名胜景观。而在我国的北方和南方,都流传着关于鹿姑娘的传说。在内蒙古、黑龙江一带,一个名叫达斡尔的民族流传着关于罕力毛和鹿姑娘的美丽传说。"达斡尔"意为"开拓者",英勇善猎不畏强权的青年猎人和勤劳美丽善良勇敢的鹿姑娘就是典型的开拓者形象,而青年与鹿仙超越种族的相爱更是冲破一切束缚的开拓者的行为。在海南三亚,有个有名的风景区叫作"鹿回头",也是因一个美丽的爱情故事而得名,故事的情节和达斡尔族的高度相似。老百姓塑造的故事原型多源自生活,达斡尔族以狩猎和农业为主,美丽的梅花鹿是猎人青睐追逐的对象;海南在历史记载中鹿的品种非常多,当地人以牧鹿为生,于是在老百姓的想象中,"鹿"的形象成了朴实的民间文学的创作素材。

不同时代，民间故事的情节和主题也会有所变化。比如《白蛇传》，从唐朝到宋朝，随着一代代民间故事人的讲述，白蛇身上的鬼怪妖气越来越淡，老百姓口中的白蛇，虽然是妖，却是一个重情重义的侠女形象，而满口仁义道德的法海，披着慈悲的外衣，实则道貌岸然、睚眦必报，是个虚伪丑陋的形象。正如田汉的戏剧《白蛇传》中白素贞的唱词："老禅师纵有那青龙禅杖，敌不过宇宙间情理昭彰。"除了冲破束缚、追求世俗幸福外，《白蛇传》的故事主题逐渐向家庭亲情和世俗价值追求方面深化，比如电视剧中相夫教子的白素贞、苦读成才的许仕林的形象，就体现了后世民间世俗生活的价值观。

中华民族历史悠久，许多民间故事取材于历史人物或历史故事。春秋时期越王勾践与吴王夫差的故事，在民间流传着多个版本；又比如被称作"包青天"的包拯，是历史上真实存在的人物。包拯秉公执法，连驸马都敢铡，实际上这个流传很广的民间故事"铡美案"并非真正的历史，人们津津乐道于这个故事，千百年来传颂不已，实际传递的是百姓对公正执法的向往和对清官的渴望。

中国民间故事里有我们共同的历史文化记忆和思想情感认同，当它们进入新时代的文化生活中，又成为新时代文化建设中依然具有活力的传统资源。

114

很多中国民间故事都进入了"国家级非物质文化遗产名录"，如"白蛇传传说""梁祝传说""孟姜女传说""鲁班传说""八仙传说""屈原传说""牛郎织女传说"等等。可以试着为你喜欢的某个中国民间故事写一段非遗申请报告，申述你将其列入"国家级非物质文化遗产名录"的理由。

外 国 篇

捧空花盆的孩子

[朝鲜]

很久很久以前,有一个贤明而受人爱戴的国王。他为自己的国民操劳一生,眼看年纪一天天地大了,国王要考虑继承自己王位的人了,可是自己膝下一个孩子也没有。这件事,让他很伤脑筋。他决定收养一个孩子来做王子,于是他对大臣们说:"我要亲自在全国挑选一个诚实的孩子,收为我的义子,将来继承我的王位。"

国王吩咐手下,给全国每个孩子发一些花种子,并宣布:

"你们之中谁能用这些种子培育出最美丽的花朵,那么,那个孩子便是我的继承人。"

所有的孩子都小心翼翼地种下了领到的花种子。他们浇水、施肥、松土,从早到晚精心地护理着。

有个名叫雄日的男孩,他也整天用心地培育着花种子。但是,

十天过去了,半个月过去了,一个月过去了……花盆里的种子不见动静,没有发芽。

"真奇怪!"雄日有些纳闷。后来,他忍不住去问他的母亲:

"妈妈,为什么我种的花不出芽呢?"

母亲其实也十分不解,她说:

"你把花盆里的土换一换,看行不行。"

雄日依照妈妈的建议,把种子移到了新的土壤里,又过了几天,仍然没发芽。

国王规定的赏花的日子来到了。这天,无数个穿着漂亮衣服的孩子拥上街头,手里捧着盛开的鲜花,盆盆鲜花争奇斗艳,令人眼花缭乱。

但是不知为什么,巡视花朵的国王从一个个孩子面前走过时,脸上没有一丝高兴的神情。

忽然,在一个店铺旁,国王看见了正在流泪的雄日。这个孩子站在那里,手里端着个空花盆。国王把他叫到自己的跟前,问道:

"你为什么端着空花盆呢?"

雄日抽搭着,把自己如何种花,但种子怎么也不发芽的经过告诉国王,末了,他补充道:"这可能是报应,因为我曾在别人的果园里偷摘过一个苹果,虽然妈妈狠狠地罚了我,但是或许这粒种子没有原谅我。"

国王听了雄日的回答,高兴地拉着他的双手,大声地宣布:

"就是他——他就是我的忠实的儿子!"

孩子们失望地问:

"为什么您选择了一个端着空花盆的孩子做接班人呢?"

国王说:

"这是因为,我发给你们的种子,都是煮熟了的。"

听了国王这句话,那些捧着美丽的花朵的孩子们个个面红耳赤。他们播种下的都是另外的花籽儿,他们都撒了谎。

年 高 智 不 衰

［日本］

这是一件发生在很久以前的事。

西纳罗公国的大公正当盛年，身体非常健壮，他有个怪脾气，特别不喜欢老年人。

"他们邋里邋遢的，对我们公国毫无用处。"他一直坚持这个观点。凡是七十岁以上的老人，毫无例外都要被他驱逐到遥远的荒岛上去。那地方土地贫瘠，气候恶劣，生活极端困苦，老人们缺衣少食，很快便都死去了。西纳罗人民心中充满了痛苦，对大公的暴政也极为不满，可他们又无力对抗。

在西纳罗公国一个名叫沙拉西纳的地方，有个庄稼汉同年迈的母亲一起生活。老母亲已经七十岁了，眼看着大公的差役就要登门来把她押走，为这事他伤透了脑筋。母亲怎经得起那样的长途流放？到那里又怎能经得起困苦的折磨？庄稼汉想到了母亲对

122

自己的养育之恩,他下定决心,一定不能让那些冷酷无情的差役将母亲驱赶到那不毛之地,要赶在差役到来之前,先把母亲安顿到一个偏僻的地方。

到了八月中秋的晚上,一轮明月将清辉洒满田野和山岗,庄稼汉对母亲提议道:"今晚的月亮真是美极了,妈妈随我到山上去赏月吧。"他背着母亲就上了路。沿着草地中一条荒芜小径走了很久,进入了茂密的大森林。走进树林里后,老母亲不时地把路两旁的树枝折下一些来扔到地上。庄稼汉觉得奇怪,便问:

"妈妈,您这是在做什么?"

老母亲只微微一笑,什么话也没有说。庄稼汉又继续背着母亲朝深山里走去。他穿过森林,翻过峡谷,一直来到山顶上。这儿笼罩着死一般的寂静,甚至连鸟儿都不见踪影。清亮如水的月光将这里照耀得如同白昼一般,就连草丛中唧唧鸣叫着的蟋蟀也看得清清楚楚。

庄稼汉让母亲坐在草地上,直直地看着她,泪水不禁夺眶而出。

"你这是怎么了?"老母亲问道。

儿子坐在母亲面前,老老实实地承认道:

"妈妈,您听我说。我说带您来赏月其实是假话!我把您带到这个荒无人烟的地方来,是因为您已经过了七十岁,我担心您很快要被流放到遥远的荒岛上去了。我想与其那样,还不如把您放在

这里,至少您不至于落到那帮如狼似虎的差役手中了。您一定要体谅我的这一片苦心啊!"

他的话并没有使老母亲感到意外,她对儿子说道:

"我早就料到了,也听任命运的摆布。你回家去吧,要好好干活,不要担心妈妈。快点儿走吧,别迷了路。"

听了这番话,庄稼汉更是忧心如焚,他实在不忍心就这样丢下自己的老母亲,反倒是母亲一直在劝他,最后他总算勉强挣扎着慢慢往回走。扔在地上的树枝给他指示着回去的路径,他丝毫没有迷路。

"多么有心的妈妈!她折下树枝为的是让我找得到回家的路径!"他想着,心中充满了感激之情。

回到家里,他独自坐在门口,凝视着山顶上空的明月,一阵无法排解的忧愁袭上心头,眼泪像泉水一样不住地涌流。"妈妈此刻在山上还不知怎么样了呢!"

这个念头越来越使他痛苦难忍,他定了定神就站起来,重又踏上了那条熟悉的小路。这时已到了半夜,可他毫不理会,一口气奔上山去。母亲仍像他离开时那样,双目紧闭着坐在老地方,一步都没挪动。

"我离弃自己的母亲真是大错特错!现在不管怎么样我也不能让您一个人待在这里。我一定尽我的能力来保护您。"庄稼汉说着,将自己的母亲背了起来,母子俩又回家去了。

可是他们不能再像往常那样过日子了,庄稼汉把母亲藏到了地窖里,否则,或早或晚母亲就会被那些差役们发现的。

一天,邻近一个公国的君主派了一名使臣带着书信来见大公。信上写道:"今年的贡品中,我要一条灰做的绳子。如果办不到,我将对你们宣战,划走你们的土地!"

这个邻近的公国拥有极强的军事力量,指望战胜他们是根本不可能的。面对对方的故意刁难,一筹莫展的大公只好把文臣谋士、左右亲信都召来商议,可谁也不晓得怎样才能弄到这么一条绳子。于是大公向他的臣民们宣告:"谁能用灰拧出一条绳子,就能得到重赏。"

老百姓议论纷纷,担心如果弄不到所谓的灰绳子,敌人就要大举进犯,那时国土沦陷,家园被毁,一切就都完了。

"大概没人能做出这种绳子来。"人们焦虑地猜测着。

确实没有人想出办法来。在人群中的庄稼汉心想:"也许,妈妈能知道吧。"

想到这里,他便下到地窖里,把大伙儿都操心的事情告诉了母亲。老母亲笑着说:

"这事好办极了!先把绳子在盐水中浸泡一些时候,然后再点燃它就妥了呗!"

庄稼汉按照母亲说的试了试,果然得到了一条灰绳子,他拍手笑道:

"真是人老智慧多。幸好有妈妈在。"

他立即进宫去，报告了制造灰绳子的方法。大公听后大喜，赏给了庄稼汉许多金钱。

过了不久，邻近那个公国又派了使者来。这一次除了书信，还带来一颗宝石。使者声称："用一条丝线穿过这颗宝石，要是做不到，将对你们开战，并消灭你们。"

大公将宝石翻来覆去地看了又看，宝石上倒是有一个小孔，可这孔眼不但细小得很，还曲曲弯弯的，想让丝线穿过去怎么看都是不可能的。

大公又把他的群臣谋士都召来商量对策，谋臣们一致断定这是根本办不到的。

谁能想出办法把丝线从宝石的小孔穿过去，他就能得到很多奖赏。尽管人们绞尽脑汁，还是没人想出办法。有个谋臣说："问问那个聪明的庄稼汉吧，兴许他会有办法。"

于是庄稼汉又去向母亲求教。

"这有什么难的？先在宝石小孔的一端抹上点儿蜂蜜，再用丝线拴住一只蚂蚁放在小孔的另一端，蚂蚁闻见蜜的香味就会顺着小孔爬过去，这么一来丝线也就穿过去了。"她微笑着回答道。

庄稼汉急忙奔进宫去，把从母亲那里听来的办法一五一十地告诉给大公。

大公十分高兴，又重重地赏赐了他。使者拿着穿着丝线的宝石回国去了。

使者复命后,邻国的君主恼羞成怒:"看来西纳罗有的是聪明人!要把那块地盘搞到手,还真不容易哩!"

而西纳罗则已风平浪静。人们认为敌人这下可死了心,再也不会提出无理的要求了。

不料时隔不久,使者带着信第三次出现了。这回他牵来了两匹母马。"辨认一下,这两匹马哪一匹是母畜,哪一匹是幼畜。要是认错了,就要向你们开战,并消灭你们。"带来的信件上写道。

大公瞧了瞧眼前这两匹马,它们简直像两滴水一样毫无差别:一样的个头,一样的毛色,甚至连打个滚儿、跑个步的样子都一模一样。大公犯了难,沉思不语。谋士群臣又都应召前来,这一次他们仍然想不出任何办法。大公无可奈何,只好宣布说,不管是谁,只要能解决这个新难题,想要什么赏赐都可以。

消息传开,群情激奋。巴望得到赏赐的人成群结队地来到王宫,察看邻国的两匹马。可惜就连远近闻名的那些马师、马医也都束手无策,只能摇头作罢。

而庄稼汉又跑到母亲那里。听了儿子的叙述,老母亲像上两次一样,笑眯眯地说道:

"嘿,这也难不到哪里去!办法多的是。你去世的父亲曾对我说过这么一回事:给马扔上一抱草,必有一匹马立刻就奔过去吃,这自然是一匹年幼的马;另一匹站在一边,一直等那匹马吃饱以后

才去吃剩下的草,这一匹就是妈妈了。你仔细看看马肚子,生过小马的母马,肚子会松一些的!"

庄稼汉恍然大悟,高兴地直奔王宫。他对大公自荐道:"请把识别小马和老马的差事交给我吧!"

他把一抱青草放到了两匹马前,一切都像老母亲所描述的那样:一匹马立即香甜地嚼起来,而另一匹却站在一边,安静地瞅着那匹马大吃大嚼。"去看看那匹后吃草的马肚子,是不是要大一些?"

这时大公也反应过来了,"这样辨认就不会出错了!"

他把用来区分的小牌子拴在马脖子上,将马交还给使者。

"您认得可真准!"使者叹道,无可奈何地踏上了归途。

"你真是一个聪明人! 你想要什么,我一定赏赐给你!"大公对庄稼汉说,对他的聪明机敏由衷地赞叹。

庄稼汉心想,等了多年的时机终于到了。

"金银财物我都不希求。"庄稼汉说。

大公听罢脸色一沉,庄稼汉急忙继续说道:"我只恳求您开恩,救我母亲一命。"

接着他就把事情的前前后后毫无隐瞒地对大公讲了一遍。大公听得瞪大了眼睛。当他知道所有难题的解决都归功于一个老妇人的头脑时,不禁惊讶万分。

"常言说得好,年高智不衰!"他感叹道,"聪明的老太太救了我们大家。我宽恕你隐藏年迈母亲的罪过，从今以后也不再流放老年人去荒岛了。”

庄稼汉得到了很多赏赐，老百姓更是满心欢喜，举国欢腾。

邻国君主处心积虑谋划的最后一招也被不费力地识破了，他不得不放弃了进犯西纳罗的企图。

背　篓

[尼泊尔]

从前,村子里有一户穷苦人家,家里有四口人,爷爷、儿子、儿媳妇和小孙子。老爷爷辛辛苦苦劳作了很多年,现在年纪太大了,不能再干活了,只好依靠儿子和儿媳妇养活。可是儿子和儿媳妇却嫌弃老人,把老爷爷当作一个沉重的包袱。

日子一天天过去,他们觉得老头子越来越讨厌了。老人需要别人帮助,可是儿子和儿媳妇都不愿意照料他,老人经常挨饿受冻。他们给他残羹剩饭,老人只好吞下肚;他们给他破衣烂衫,他也只好穿上身。有时小孙子看不过去,偷偷地把自己的那份饭菜分给爷爷吃,但如果被儿子和儿媳妇看见,老爷爷就免不了挨一顿臭骂,说他白白糟蹋了粮食。

他们这样对待老人,老爷爷心里很难过,于是他经常嘟嘟囔囔地抱怨。两口子不但不反省,反而一再重复一句古老的格言:"老牛脚步不稳,老头抱怨不休。"

过了一段时间,情况越来越糟糕,老人话越来越多,两口子也越来越不耐烦。后来他们实在容不下老人了,就开始悄悄商量怎样摆脱他。他们决定把老人送到很远很远的地方,把他一个人留在那里。

儿子说他要到市场买一个背篓——一个竹编的大筐,好把老头子装进去背到远方。"我要把他送到非常非常远的地方,让他没办法回来。到时我把他放在路旁的大树下面,也许有人会可怜他,给他吃的。"

"可是邻居会怎么说呢?"儿媳妇问,"他们很快就会发现老头子不在家的。如果他们问起来,我们怎么回答呢?"

儿子说:"就说他要我们把他送到一个圣地去,他愿意在那边平静地度过晚年。"

两口子就这样商量好了,没有想到的是,他们说的话全都被孩子听到了。

父亲到市场去买背篓了,他刚一出门,孩子就问母亲:"妈妈,你们为什么要把爷爷赶出去?"

"不,不是这样的!"母亲连忙答道,"我们不是要把爷爷赶出去。你看,家里没人能好好照顾他,你爸爸和我一天到晚都忙着干活儿。你爸爸想着把爷爷送到一个好地方去,在那里,他可以得到很多照顾。"

131

"那个地方在哪儿?"孩子问。

"啊,远得很。那个地方你不认识。但你不用担心,会有很多善人照顾他的。"母亲这样说,好让孩子放心。

傍晚的时候,儿子背着一个大背篓回来了。他要等到天黑之后才开始行动,因为不想让左邻右舍看到。天完全黑透了,他把老头子放进了背篓里。

"你这是干什么?"老爷爷紧张地问,"你要用背篓把我背到哪儿去啊?"

"爸爸,你知道我们再也养不起你了,所以我们决定把你送到一个圣地,在那边每个人都会好好照顾你的。"儿子说,"在那边你会舒服多了。"

老爷爷立刻明白了儿子和儿媳妇的诡计,"你这个忘恩负义的东西!"他喊道,"你不想想我养育了你多少年,现在却这样对待我!"他大声诅咒他的儿子和儿媳妇。

儿子生气了,猛地把背篓背上身,迅速地离开家上了路。

小孙子默默地注视着这一切。在茫茫黑夜里,就在他马上要看不见他父亲的时候,他高声喊道:"爸爸,就算您要扔掉爷爷,也请把背篓保管好,记得一定要带回来啊!"

父亲听了孩子的话觉得莫名其妙,他停下脚步,回过头来问:"孩子,这是为什么呀?"

孩子天真地说:"因为将来我还用得着它。等您老了以后,我也得把您扔掉呀！"

听了孩子的话,父亲两腿打战,一步也迈不动了。他转回身来,把爷爷背回了家。

大　米　饭

［斯里兰卡］

在斯里兰卡,有一种风俗,就是在每条大路旁都设有简易的小客栈,方便过路的旅客住宿,经常会有带商品到乡下去卖的小商贩住进来。这些小商贩做买卖经常不老实,他们总是把从城里运来的商品,高价出售给贫苦的农民,而农民吃了暗亏也没得选择,他们哪里知道真实的价钱啊。

有一天,客栈里来了五个小商贩,他们在一起大谈生意经,聊得不亦乐乎。聊到后来,大家都饿了,就决定一起煮晚饭吃。

有个小商贩盛了一锅水,放在火上,然后请每人取一把米放进锅。一个小贩随即把手插进自己的米袋里,手拿出来之后,就在铁锅上面把拳头松开,说:"这是我的一份。"

其余的人也照样做,说:"这是我的一份。"

在等待水煮沸这段时间,小贩们继续瞎扯,胡吹神侃。不久,

134

一个紧盯着饭锅的小贩说：

"饭快熟了，把火熄灭，焖一会儿吧。"

把火熄灭后，他们又继续瞎扯。

后来，锅不烫了，饭应该好了。小贩们纷纷拿出自己的碗，准备去盛饭。一个小贩从锅里盛了一碗，随即退到一旁去，其他的人也照样做了。

每一个人都把碗靠近嘴边，一小口一小口地吃，同时又抬头去望望别人。

吃完饭，各人把自己的碗放进行李中，收起来，然后退到角落里，默默地，谁也不再说话了。

第二天天亮时，屋里一个小贩也没有了。每个人都怀着复杂的心情悄悄地溜走了。原来，昨天晚上，他们每个人吃的都是一碗白开水。

想当太阳的小狗

［泰　国］

从前有一只名叫格林尼的小狗,它觉得自己是天下最聪明的狗。它每天看着太阳,对着太阳想入非非。

别的狗觉得它很奇怪,便问它:"你为什么总盯着太阳?"

"我要当太阳。"格林尼回答,"为什么我不能当太阳,让它来当小狗?"

一条老狗说:"太阳对我们很重要。它又正直又仁慈,它的光芒普照大地。你怎么能当太阳呢?你连发光都不会。"

"我会发光,而且比它发得好," 格林尼说,"我要当太阳。"它抬起头对太阳说:"太阳,你听见了吗?你下来当小狗,让我来当太阳。"

这时已经接近黄昏,太阳慢慢从天上滑下来。它浑身金红,它的金光照耀着大地万物。太阳说:"格林尼,你要什么?说吧,我听得见。"

"我要做太阳,你代替我当小狗。"

"你可以照亮大地吗?"

"你不要以为就你行,就你有本事!" 格林尼生气地回答,"你都没见过我的本事,你是我见到的最最愚蠢的太阳。"

"格林尼好朋友,请听我说,"太阳说道,"我们都得尽自己的责任。我是太阳,我的责任是照亮大地;你是小狗,你的责任是做好你的工作。如果我们全都尽到职责,我们就都会感到愉快和幸福。"

"这些道理我都懂,"小狗说,"当然要有照亮大地的。我干这个最合适,所以我要当太阳。"

太阳默默不语地沉思了一会儿,最后它说:"好吧,从现在起,你可以当太阳,我来代替你当小狗。"

于是格林尼当了太阳。它干劲儿十足,整天发出耀眼的光芒。它还决定要给大地带来正义。它向那些它认为必须毁灭的生物发出无情的、强烈的光芒。许多生物被晒死了,它却很高兴,因为它认为自己在尽职责消灭大地上的一切罪恶、疾病和细菌。

但人们不明白这是怎么一回事。小狗不停地发出强光,每个人都觉得太热了。不论是人还是兽,都得深挖地洞,住进洞里,躲避可怕的阳光。一些人跑去跟国王说:"我们现在苦死啦!自从小狗当了太阳,大地就太热了,我们不能再过正常的生活,只好像蚂

137

蚁那样住在洞里。"

"我也是这样。"国王说完就赶紧缩进洞里,因为他也怕那当了太阳的小狗。

人和别的动物跑去找原来照亮大地的太阳,生气地嚷嚷:"这可是你的过错! 你放弃了你的职责,让小狗来代替你。现在阳光这么凶猛,晒死了我们的许多同伴,没有死的也得像蚂蚁那样生活!"

"一切看起来还过得去,不是吗?"太阳问。

"也许你看起来还过得去,"一条老狗说,"不过事实并非如此。表面上一切都很平静,实际上并不安宁。我们一天到晚提心吊胆。现实生活太严厉、太残酷了,我们怕那只小狗,只好藏在洞里。现在再也看不见人们的欢笑了。"

"耐心一些,"太阳说,"大自然有它自己的规律。请相信我,朋友们,一切都会圆满解决的。如果你们对生活的伟大真理有信心,你们就会高兴起来。看,天空是不是起变化了?"

他们抬起头,看见空中出现了一块前所未有的最大、最厚的乌云。乌云横在太阳和地球之间,小狗无法再施展它的威力。

小狗气得不行了,朝着大地大声叫喊:"太阳,你在哪儿? 回来吧,你可以接着当你的太阳了,我要去当云彩!"

"好吧,你可以去当云彩。"太阳一边说,一边像从前每天做的那样,发着光,升上天空。

小狗变成一块又大又厚的乌云,隔在太阳与地球之间。太阳光无法照到地上,一切都处在黑暗之中。人人都很苦恼,于是向太阳大声抱怨:"这可是你的过错!"

突然,刮来了一阵大风,风势十分猛烈,把乌云吹得四分五裂。

"我不愿意当云彩了,"小狗大声嚷嚷,"我要当大风!"

"好吧,"太阳说,"你可以去当大风。"

小狗用尽全身的气力兴风作浪。风势是如此猛烈,一切挡在它面前的东西统统被它摧毁。连续很多天,它一直兴奋地在那里不停地刮。

但有一天,小狗看见不管它怎样用力,有一样东西始终在那里巍然屹立。那是一个蚁垤(dié)。于是它大声要求:"我要当蚁垤!"

小狗变成了蚁垤,它觉得自己非常牢固。但有一天,一头水牛经过那儿,在它蹄子的践踏下,蚁垤瞬间倒塌了,化为一堆尘土。

尘土飞到太阳那里,提出这样的要求:"我要当水牛!我想当什么,就让我当什么!"

"好吧,"太阳说,"你可以当水牛。"

于是这头水牛到处乱跑,看见蚁垤就把它毁掉,心里着实得意。但有一天,一个农夫的儿子看见四处闯祸的水牛,便用绳圈套住它的角,将它捉住,拴在了大树上。

"太阳,"小狗喊道,"我要当一条结实的绳子!"

　　"好吧，"太阳朝着小狗微笑，"你想当什么都可以。"

　　于是小狗变成了绳子。过了不久，突然跑过来一只棕色的小狗。它很顽皮，用锋利的牙齿对着绳子又咬又甩又拽，把绳子咬得七零八落，然后高高兴兴地跑了。

　　格林尼再一次向太阳大喊道："我还要当我的小狗！"

　　于是绳子变成了一只名叫格林尼的小狗，快快乐乐地跑来跑去。微风吹过，大地上的花草细细交谈。温暖的太阳每天把它的光辉倾洒在人间，一切井然有序。

孩子和三色鱼

［伊 朗］

好几百年以前,在蔚蓝的天空下,在一片茂密的森林里,有一座小房子。房子里住着三口人:丈夫、妻子和一个小男孩。孩子整天快乐地和小伙伴们玩耍,在森林里跑来跑去。

这一年遭了灾,收成不好,母亲对小男孩说:"孩子,咱们家断粮了,你该帮助父母做些事情了,去海里打些鱼吧!"

小男孩拿着渔网来到海边。他撒下网,过了一会儿拉起渔网,发现网里只有一条小鱼——小鱼身上有金色、红色、蓝色三种颜色的条纹。

小鱼祈求似的望着他,开口说了话:

"把我放回大海吧,孩子。我可以赠给你一把神奇的剪刀,你用它随便剪个什么,都会变成真的。"

小男孩觉得又荒唐又可笑,但是出于怜悯,他把三色鱼放回了

141

大海。突然,他发现自己手中真的多了一把剪刀。剪什么呢?他信手捡起脚边的一片树叶,将树叶剪成一座宫殿的样子。奇怪,树叶上的宫殿逐渐变大,最后化作一座真正的宫殿,金碧辉煌地矗立在面前。孩子觉得四周过于空旷冷清,于是捡来各种颜色的树叶,剪成花草树木。宫殿周围立刻出现了一座百花争妍的大花园。

小男孩跑回家去,用纸给爸爸妈妈和自己剪了很多衣服。他们都穿上了绫罗绸缎,住进了宫殿,过上了富足的生活。

过了不久,小男孩便感到寂寞和烦闷:大人不允许他走出花园,不让他和过去结交的穷孩子朋友见面,没有人同他玩耍和游戏。母亲总是唠叨:"小心你那套新衣服!别弄脏!""不要!……""不要!……"他再也不能去森林里玩耍,也不能到田野里去劳作,大人甚至不让他再去蔚蓝的大海边——母亲担心三色鱼会讨回那把神奇的剪刀。

孩子厌倦了这乏味的生活。当他听到远方山野中传来的小朋友的嬉笑声时,当他闻见空气中夹杂着海水的咸腥气时,他更加渴望和他们在一起,同他们一起上山拾柴和玩耍。

一天夜里,他偷偷溜出宫殿,钻出花园,跑到海边。他大声呼喊:

"三色鱼,你在哪里?我来告诉你,我不想要宫殿了!你快来帮助我吧,三色鱼!快把以前的生活归还给我!"

话音刚落,三色鱼便游了过来。

"我的朋友,我可以满足你的愿望!"三色鱼说,"你现在富有而且名声远扬,但就如同你现在感知的那样,不劳而获的财富不会给人带来幸福和快乐。明早当太阳升起的时候,你把剪刀扔进大海,然后连吹三声口哨,这样,你便又会过上从前那种幸福的生活了!"

　　第二天,东方泛起朝霞的时候,孩子来到海边,把剪刀投进大海,并且连打了三声呼哨。等他回到家时,宫殿已经无影无踪,母亲正站在自家的茅屋前,像过去一样等着他。看见他回来,母亲高兴地笑了。

鳄鱼和扁角鹿

〔印度尼西亚〕

有一只爪哇扁角鹿,喜欢在临近大江的一个小山冈上休息和玩耍。山冈四周是一片低洼地,雨季一到,河水漫过低洼地,直涨到山冈附近。山冈上长满茂密的无花果,树枝几乎低垂到地面。阵风吹过,落叶被风吹进河湾,地面上像扫过一样干净。

这一天扁角鹿又卧在树下休息,懒洋洋地嚼着食物,竟不知不觉地睡了过去。这时,天空忽然下起倾盆大雨。河水猛涨,淹没了低洼地,漫上了山坡,直流到扁角鹿睡觉的地方。

扁角鹿一觉醒来,发现四周已全被水淹没。它非常害怕,不知如何是好。怎么办?低洼地里水深没顶,已无处立足;它不会爬树,游过去?它不敢——害怕落入鳄鱼之口。只能盼着大水快些退去。

正当它惊恐不安的时候,水面上有一群鳄鱼向它游来。其中

最大的那条鳄鱼游到扁角鹿跟前,咬牙切齿地对它说:

"喂,小鹿崽子,冤家路窄,我们到底狭路相逢了,这一回看你往哪里逃! 往前来,快一点! 你还想逃脱吗? 你不想躲到我的胃囊里吗? 今天你注定逃不掉! 我要用你的肉款待我的朋友们,我们要嚼碎你的最后一根脆骨。你的肉一定又肥又嫩,说不定胜过灵丹妙药哩!"

扁角鹿心中暗想:看来今天难免一死。可是它并没有惊慌失措,危险反而激发了它的勇气,无论如何,它要争取一条生路。它对大鳄鱼说:

"是谁向你泄露了我的秘密? 你怎么知道我的肉可以入药呢? 你们这么多鳄鱼吃我一只小鹿,这能吃饱吗? 我太小,吃了我你们谁也填不饱肚皮。但如果你们可以把我的肉当药吃,那就是另外一回事了。你们可以一起来把我吃掉,只是你们鳄鱼的数目不能太少。"

"我们现在这儿就足有八十条!"大鳄鱼说。

"八十条? 太少了! 这样吃掉我,你们会倒霉的。你们肯定会肚子疼,早起生病,晚上就非死不可。如果是一百五十条鳄鱼一起来吃,那么我的肉就会很好地发挥药效,你们所有的鳄鱼都会长生不死。"

"你在胡说八道!"

"不信吗? 你们想想人们喝酒的情形吧! 酒鬼不长寿,狂饮害

145

处多,饮酒适度却能使人身心愉悦。我的肉比酒厉害得多,吃多了死得更快。"

有一条鳄鱼喊道:

"临死前还胡说八道!我们现在就把你撕成碎块,然后吞掉。"

扁角鹿立刻走到这条鳄鱼身旁:

"请吧,快把我撕成碎块吧!对我来说,是被一条鳄鱼吃掉,还是被许多鳄鱼吃掉,反正都一样,没有什么区别!请便吧!如果八十条鳄鱼一起吃我,这八十条全会死掉。别的野兽会因此拍手叫好,它们将从此可以任意在河岸上寻食,再不会有鳄鱼妨碍它们了。我悔不该说破这一切,但是话已说出,后悔也没用了。真的,我干吗要多嘴呢?为什么要告诉你们这个秘密呢?"

最大的鳄鱼说:

"就算你讲的全是实情,好吧,我现在派五十条鳄鱼出去再找七十条鳄鱼来,这样就会有一百五十条了。留下三十条看着你。一会儿大家在这里会合。"

五十条鳄鱼分头去找同类。有的上了岸,有的潜入水中,很快便都回转来,果然又召来了七十条鳄鱼。这样不多不少整整一百五十条。低洼塘里挤满了鳄鱼,个个都张着大嘴,等着分吃鹿肉。

"扁角鹿,你还有什么话说吗?我们数目够了。"大鳄鱼说。

"如果你们确是一百五十条,不多不少,那就可以吃我了。但是我要问:你们数的数准确吗?"

"我刚刚数过一遍，正好一百五十条。"

"如果正好，那算你们走运；如果不足一百五十条，你们还是要倒霉的。"

"为了不出错，请你再数一遍！"

扁角鹿说："我是相信你们的，如果数字准确，现在就请把我撕成碎片吧！"

最大的鳄鱼忙说："不，先不着急，我真怕数字不准确，还是请你再数数为好！"

扁角鹿说："如果你们实在不放心，我可以亲自查一遍。但是你们必须排好队，队列要整齐，一个挨一个排成一行，从低洼地向河对岸排好，这样我才能数得清楚，不致出差错。"

"好的，你不用费心，我现在就下命令，按你的吩咐去办！"为首的大鳄鱼说。

按照命令，鳄鱼们规规矩矩地排成一行，头、背、尾巴全都露在水面上。

大鳄鱼说："你快查数吧，当心，别搞错！"

扁角鹿说："请允许我踏一踏你的这些朋友的脊背，它们不要以为我失礼才好。"

"没有关系，这也是为了大家好嘛！"

扁角鹿一边在鳄鱼脊背上跳，一边数着："一、二、三……一百……一百四十九！"它奋力一跃，跳上河岸，跑得无影无踪了。

聪明的贝都因人

（阿拉伯国家）

一个阿拉伯人在沙漠里和自己的同伴及同伴的骆驼走散了。他找了整整一天，一无所获。傍晚的时候，他遇见了一个贝都因人①。阿拉伯人非常高兴，立即向他打听起失踪的同伴及骆驼来。

"你的同伴是一个跛脚的胖子吧？"贝都因人问道。

"对呀，他在哪儿？"阿拉伯人惊喜得喊起来。

"我不知道他在哪儿。你先告诉我，他是不是拿着一根棍子？他的骆驼是不是瞎了一只眼睛、背上驮着椰枣？"

阿拉伯人高兴极了，喊得更大声："对极啦，一点儿不错！这就是我的伙伴同他的骆驼！我已经精疲力尽了，加上天气又热，我真发愁怎样才能找到他们。你是什么时候看见他们的？他们后来又往哪个方向去了？"

---

① 贝都因人是游牧的阿拉伯人。此处的"阿拉伯人"指定居的或城里的人。

贝都因人回答说:"我没有看见他们。说实话,除了你之外,从昨天到现在,我没有遇到过第二个人。"

"怎么,你是在捉弄我吗?"阿拉伯人生气地打断他的话,"刚才你还把我的同伴和他的骆驼说得活灵活现的,现在又说没见过?"

"我确实没有见过他们。"贝都因人心平气和地说,"不过我知道他们曾在这棵棕榈树下休息了很久,然后朝叙利亚方向走去;而且我还知道他们离开这儿已有三个钟头了。"

"如果没有看见,你怎么能知道得这么清楚?"阿拉伯人嚷嚷起来。

"我真没有看见。"贝都因人回答道,"我是通过他们的脚印判断出来的。"

说着他拉起阿拉伯人的手,把他领到沙地上留下的脚印跟前,说道:"你来看这些脚印。这是人的脚印,这是骆驼的蹄印,而这些是棍子的印迹。再仔细看看这个人的脚印,左脚的跟右脚的相比,是不是又深又大?这不就说明了从这儿走过的这个人瘸着一条腿?现在,再比较一下他的脚印和我的——他的要比我的深得多。这不就是说,他比我要胖得多?"

阿拉伯人惊奇地说道:"你说的这些都对。请再告诉我,你怎么知道那只骆驼只有一只眼?眼睛又不会在沙土上留下什么痕迹。"

"你说得不错,"贝都因人笑了,"它的眼睛虽然挨不到地面,可

149

终究还是留下了自己的踪迹。难道你没有注意到这只骆驼只啃路右边的草？这就说明了这只骆驼只有一只眼，它只能看清路的一边。"

阿拉伯人更加惊叹了，他又问道："那么椰枣又留下了什么踪迹呢？"

贝都因人朝前走了二十来步，说道："这里有一堆一堆的蚂蚁，你看不出正是椰枣滴下的甜汁把它们招引来的吗？"

阿拉伯人沉吟了许久。后来他忍不住又问道："时间呢？你是根据什么推算出来的？"

贝都因人指着棕榈树说："你往这儿看，你没发现你的同伴同他的骆驼在这儿休息过？"

"可是你又怎么能断定他们是三个钟头前离开这儿的呢？"

贝都因人又笑了起来，他解释道："仔细看看树影子吧。你想过没有，这么热的天，有谁不去凉快的地方待着而非要坐在大太阳下面休息的呢？你的伙伴自然也是在树荫下休息的。我是一个游牧人，我知道大约需要三个小时，树影才能从他原先休息的地方移到现在的这儿来。"

宝　贵　的　话

[爱沙尼亚]

有一个流浪汉，到一户有钱人家里求宿。女主人不让他进门，她捂着鼻子，尖叫道："走，走，滚远点！"她说，"要是对每个人都行好，自个儿就什么也没有啦。"流浪汉只好又往前走。到了村头，看见一座最破的小房子，他敲了敲门。

女主人把门打开了。她打量了一下流浪汉，说道："请进来吧，"她说，"地方再窄，多一个人也不会太挤。"

流浪汉进去了，一看，屋里一大堆孩子，他们的衬衫都又脏又破。

"怎么啦，女主人？"流浪汉问，"自己的孩子也不给穿得好一点？"

"我一个寡妇，哪供得起这么一大群孩子穿哪。"女主人叹口气说，"总共这么些衣裳，一个孩子只有一件，洗都洗破了。"

151

要吃晚饭了，女主人来招呼流浪汉。"坐下吧，"女主人对他说，"请和我们一起吃吧。"

流浪汉看了看饭菜，盆子里的土豆勉强够孩子们吃的，他就说："哦，我走路走累了，不想吃了。"说罢，他躺在长凳上睡着了。

第二天早上，他起来以后，对寡妇鞠了个躬，说："谢谢你的好意。临别时送你句宝贵的话：'你早上做什么，就一直做到晚上。'"

"唉，您可真是好心人哪，"女主人笑了，"就是没有你这句宝贵的话，我也是天亮就起，忙得团团转，一直做到半夜也停不下啊。"

流浪汉走了。女主人看了看孩子们，心想："过路人说得不错，他们的衣服破得不成样子了。唉，这可真糟！他们又不是孤儿，还有妈妈呢。我还有点麻布，要量量才好，兴许还够给大孩子做件衬衫呢，那也不错呀。"

于是她跑到有钱人家去，找女主人借了尺，回来就开始量布。

她把麻布打开，想量量够不够做件衬衫——刚把尺从布上拿起来，咦，怪事发生啦！在布的那头又长出了一尺。她又把尺拿起来，又长了一尺。寡妇一直量呀量，这布怎么也量不完。她把布包着尺，包了一百次，布还是没量到头，布堆满了桌子，堆到了地上……

就这样，寡妇一直量到晚上。

这时候，那有钱的女主人来敲门了。她整天都不安心，老是想：这个穷邻居要尺干吗？她有什么家当需要量？只能量量木头吧！

富太太刚跨过门槛,就惊奇得合不拢嘴了。只见寡妇坐在桌子跟前,身旁全是白麻布,像雪堆一样,走都走不进去。

"你打哪儿弄来这么多布呀?"富太太问。

"就连我自个儿也不明白呀,"寡妇回答道,"我原先有一小块麻布,小得不得了,我想量量够不够做件小衬衫,可是,从早上量到晚上,就是量不完。真的,这个流浪汉,绝不是普通人,简直是魔术家,说的话真灵!"

"什么流浪汉?"富太太叫了起来,"他对你说了些什么?"

寡妇就把发生的一切告诉了有钱的邻居。富太太一下子就明白了,那流浪汉,就是先到她家去的那个! 就是说,她自己把好运气错过了! 她心里懊恼着,飞快地跑回家去。

"立刻把马套好!"她对一个工人嚷着,"去给我把流浪汉追回来。哼,小心点,要是追不上,你就别回来。"

工人立即动身了,在天快亮的时候,追上了流浪汉。"女主人命令我来找你回去,要是你不回去,我就要被害死啦!"工人对流浪汉哀求道。

"嗯,要是这样,那么走吧。"流浪汉回答说。

他坐上了马车,两人往回走。

富太太一直在忙着烤呀煮呀,她给流浪汉准备了馅饼和鸡肉;晚上,让他睡在软绵绵的羽毛褥子上。流浪汉就在这里住下了,一天,两天,三天。

富太太忍耐着,没有把流浪汉赶走。可是她不再拿美味的馅饼招待他了,取而代之的是粗陋的黑面饼。

第四天,流浪汉要走了。富太太把他送到大门口。流浪汉一句话不说,她也不作声。最后,她到底忍不住了,问道:"你要走了,你就没有什么要对我说的吗?"

流浪汉回答道:

"早上做什么,就一直做到晚上。"

富太太急忙跑回屋,从大箱子里拿出一块最好最长的亚麻布。

"对,"她想,"我开始量吧!给自个儿从头到脚做套新衣服,再给女儿办上嫁妆,剩下的都拿出去卖掉。这麻布是高级货,可不便宜呀。"

她把布放在桌上,拿起了尺,可是突然想起厨房里还有块发酵的面团,昨晚上就发好了,要是发过了头会太酸,工人就不肯吃了。

"好吧,"她想,"我一会儿就能把面包烤好,烤完马上来量布。"

她做好了一个面包,放到炉子里,把柴火塞得满满的,好让面包快点烤好。炉子烧得通红,面包烧焦了。

"没关系,"富太太说,"第二个就会好了。"

她又做了一个,放在炉子里。第二个又烧焦了。又做第三个……可是那块发酵的面团一点儿也不见少,越发越大,发得涨到了桌子的边沿,快要掉到地板上去了。

富太太在桌子和炉子中间跑来跑去,做了一个,把另一个放进炉子,把上一个从炉子里拿出来。可是她拿出的每一个面包,都焦得比煤炭还黑。

架子上放满了烧焦的面包;板凳上,面包堆得像座山;地板上也到处都是,可是槽里的面团还是一点儿也不见少。

富太太简直给折磨坏了,真想停下不干了,可是好像有人把她锁在了面槽和炉子之间,两只手自动地揉面、捏面包、把面包送到炉子里去。

就这样,一直把她折磨到晚上,可是太阳一落下屋顶,面团立刻消失了。

富太太坐在那些焦面包上,恨得哭了起来。

十 二 个 月

［捷克］

你一定知道一年有十二个月。

一个月份一结束，另一个月份马上接着开始，从来还没有发生过一月还没有过去，二月就提前到来或者五月抢到四月前头去的事。月份是相互衔接的，从来不会同时出现。

可是人们说，好像在一个叫波希米亚的山国里有一个小姑娘，她曾经同时见到过十二个月。

这是怎么回事呢？

事情好像是这样的……

在一个小村子里，住着一个凶恶、吝啬的女人。她有两个女儿，小女儿是亲生的，大女儿则是丈夫的前妻留下的。她特别疼爱小女儿，而讨厌大女儿，大女儿无论做什么事，总是不合她的意；无论说什么话，总是不称她的心。

156

她的亲生女儿整天躺在床上，吃着蜜糖做的饼干，而大女儿则从早忙到晚，连坐下来歇一会儿的工夫也没有，担水、拾柴、洗衣、浇菜，样样事情都由她一个人干。

冬天的严寒、夏天的酷热、春天的风、秋天的雨，她都经受过。也许正因为这样，有一次，她才同时看到了十二个月。

那是一个冬天，正是一月份，雪积得很厚，要出门，非得用锹铲开出路来才行。不论森林还是高山，所有的树木花草都埋在齐腰深的雪里，寒风吹来，纹丝不动。

这样的天，人们都躲在家里取暖，把门窗关得紧紧的。到了傍晚时分，狠心的后母扒开门缝一看，漫天的暴风雪正铺天盖地席卷而来。她回到炉边，对大女儿说：

"明天就是你妹妹的命名日①了，你到森林里去采一点雪花②回来吧！"

大女儿看了后母一眼，她猜不透后母是在开玩笑，还是真的叫她到森林里去。现在，森林里多可怕呀！这么冷的天，怎么会有雪花呢？人人都知道，不到三月份，雪花是不会开的。现在到森林里去，只会陷到雪堆里白白地送死。

妹妹对她说：

"你如果冻死了，是不会有人哭的。去吧，拿着篮子，采不到雪

---

① 命名日是和本人同名的圣徒纪念日。
② 一种在融雪时开花的植物。

157

花别回来!"

可怜的小女孩哭泣着,系上一条破头巾就出了家门。狂风卷起的冰雪打得她睁不开眼睛,她的头巾快被风撕烂了。她艰难地走着,一步一步地在雪地里挪动着双腿。

四周已经越来越黑了。天上黑漆漆的,一颗星星也没有,只有地上有点亮光,因为雪是白的。

小女孩进了森林,天已经黑得伸手不见五指了。她索性坐到一棵倒了的树上,心想,反正马上就要被冻死了,在哪儿死不是一样呢?

突然,树林深处透出来一丝亮光,好像是被树枝挡着的星星。于是,小女孩站起来,朝着亮光走去,她深一脚浅一脚地在雪地里走着,跨过一棵棵被暴风雪推倒的大树。她想:这亮光要是不灭就好了!那丝亮光就真的没有灭。前面隐约有一堆篝火,火越烧越旺,小女孩闻到了温暖的烟味,听到树枝噼噼啪啪燃烧的声音了。

她加快了脚步,走到那块空地一看,愣住了!这块空地就像被阳光照耀着,非常明亮。空地中央,一团篝火在熊熊燃烧,红艳艳的火柱直冲云霄。围着篝火坐了一圈人,有的离火近一些,有的远一些,他们坐在那里,小声地说着话。

小女孩看着他们,心想,这是一些什么人呢?好像不是打猎的,更不像伐木的。瞧,他们穿得多漂亮啊,有的穿着银衣服,有的穿着金衣服,还有的穿着绿色的丝绒。

她数了数，那里一共有十二个人：三个老人，三个中年人，三个青年人和三个小孩。年轻人紧挨在篝火旁，老年人离得远一些。

其中一人突然转过头来。这是十二个人中个子最高的一位老人，留着长长的胡子，白白的寿眉。他目不转睛地盯着小女孩。

小女孩害怕了，她想跑，但是已经来不及了。这时老人大声问道：

"你是从哪儿来的？到这儿来干什么？"

小女孩把自己的空篮子拿给他看，说：

"我是来采雪花的。"

老人一听，笑着说：

"一月份来采雪花，真是异想天开！"

"不是我自己要来的！"小女孩连忙说，"是我后妈叫我来采雪花的。她还对我说，不把篮子装满了，不许我回去见她！"

听到这里，那十二个人一起转头面对着她，交头接耳起来。

小女孩想坐下来听他们说些什么，可是怎么也听不懂，似乎他们说的根本不是人类的语言，而是树木在沙沙作响。他们说着说着，又沉默了下来。那个高个子老人又转过身来问她：

"要是找不到雪花，你怎么办呢？不到三月，雪花是不会开的！"

"那我就留在森林里，一直等到三月！"小女孩说，"在森林里冻死，也比提着空篮子回家强啊！"说到这里，她伤心地哭了起来。

159

这时，十二个人中最年轻、最快乐的一个，肩上搭着一件皮袄，走到高个子老人跟前，对他说：

"一月大哥，把你的位置让给我坐一小时吧！"

老人摸了摸他的长胡子，说：

"我是可以让的，可是，三月怎么也不能跑到二月的前头来吧！"

"算了吧！"另一个浑身是毛、胡子乱糟糟的老头子说话了，"你就让让他吧，我是不会同他争的。我们大家都见过这个可怜的孩子，在冰窟窿里打水，在森林里打柴，一年四季，总是那么勤快。如果不帮帮她，恐怕她就得冻死在这林子了。我们应该帮助她。"

"好吧,就听你的!"一月说。他用冰拐棍把地一敲,念道:

严寒啊,不要再那样无礼!
古老的森林里,
松树、桦树,
再不许你啃树皮!

树上的鸟儿啊,
再也不受你的冻啦!
人们的房子啊,
再也不用怕冰封啦!

老头子一说完,森林里立即安静下来,树木不再冻得瑟瑟发抖,树上的积雪开始大块大块地往下落。

"老弟,现在轮到你了!"一月说完,就把手里的拐棍交给了毛茸茸的二月弟弟。二月敲了敲拐棍,甩了甩胡子,声音洪亮地喊道:

大风、狂风、飓风啊,
你们尽情地怒吼吧!
旋风、暴风、飞雪啊,

你们昼夜不停地呼啸吧!

天上的乌云,翻滚吧!

地上的沙石,飞旋吧!

大地的积雪,

快舞起白色的长龙吧!

他话音刚落,森林里突然刮起了狂风。雪花飞舞,卷起了一条条白色的雪柱。

二月又把冰拐棍交给了三月弟弟,说:

"现在轮到你了,我的三月兄弟!"

三月接过拐棍,拿起来就往地上一敲。

小女孩瞪大了眼睛一看,那根拐棍已经变成了一条带着初绽花蕾的绿枝。

三月笑了笑,用他那清脆的童音诵道:

河水呀,奔流吧!

小溪呀,歌唱吧!

洞里避寒的蚂蚁呀,

你们快快爬出来吧!

穿过深山密林，

大黑熊探出脑袋。

鸟儿唱起欢快的歌，

雪花迎着太阳盛开！

小女孩定睛一看，又惊又喜：咦！那些高高的雪堆到哪里去了呢？挂在树枝上的一串串冰凌怎么都不见了？她脚下的大地变得松软了，散发着春天的幽香。周围融雪滴答，流水潺潺，树上的幼芽已经萌发，第一批新叶也破壳而出。她看着这奇妙的景象，愣住了！

"你还愣着干什么？"三月对她说，"快点吧，我的弟兄们总共就给了我一个小时的时间！"

小女孩这才醒悟过来，赶紧跑去采雪花。这儿的雪花可真多呀，树丛下面，石头底下，土堆周围，几乎遍地都是。她装了满满一篮子，又解下围裙包了鼓鼓的一大包。采完了雪花，她又返回到十二个兄弟围着篝火坐过的那块空地。可是，篝火消失了，那十二个兄弟也不见了。地上亮堂堂的，但不是原来那堆篝火的亮光，而是一轮刚刚爬上树梢的圆月把大地照亮的。

小女孩一看，没机会当面对那十二个兄弟表达谢意了。她心里一阵失落，随后就赶紧往家跑。月亮在上面紧紧地跟着她，她走到哪里，月亮就照到哪里，她没有发现，她的身后不知什么时候又

变成了白雪皑皑的一片。她终于跑到了家门口。刚一进门,窗外立即刮起了暴风雪,月亮也藏到黑云后面了。

"你怎么这么早就回来了?"后母和妹妹惊讶地齐声问道,"采的雪花在哪儿呢?"

小女孩一句话也没有说,只是把围裙里的雪花往凳子上一倒,把一篮子的雪花往地上一放。后母和妹妹惊叫起来:

"你这是从哪儿采来的?"

小女孩把自己的奇遇说了一遍,她们边听边摇头,半信半疑。可是,凳子上明明有一堆淡蓝色的鲜艳的雪花,又怎么能不相信呢? 看着这堆雪花,让人错觉时间已经来到了三月。

后母和她的女儿对视了一眼,又问她:

"这十二个月没有再给你别的什么吗?"

"我没有向他们要别的呀!"小女孩说。

"你真是个蠢货!"妹妹说,"难得碰上十二个月,你却除了雪花,什么也没有要! 要是我去的话,我就会向他们要很多很多东西! 我向第一个要梨、甜苹果,向第二个要熟草莓,向第三个要白木耳,向第四个要鲜黄瓜……"

"好孩子,真聪明!"后母说,"在冬天,草莓和梨是无价之宝。我们如果把这些东西卖掉,准能赚许多钱,可是这个蠢货却只捡了一些雪花! 孩子,你多穿些衣服,也到那儿去一趟。虽然他们有十二个人,但是你这样聪明可爱,他们是不会骗你的!"

"他们哪是我的对手呀!"妹妹一边说,一边系上头巾,把手往袖子里一缩,就跑了出去。

妈妈在后面着急地喊:

"快把手套戴上,把皮外套的扣子系紧了!"

可是妹妹已经跑远了,她直奔森林而去。她急急忙忙地沿着姐姐的脚印往前跑,心里不住地想着:"快!快点赶到那里去!"

树木越来越密,天越来越黑,雪堆越来越高,被暴风摧倒的树木已经堆成了一堵墙。

"哎呀!"妹妹想,"我怎么会想到森林里来的呢? 现在要是躺在家中暖乎乎的被窝里该有多舒服呀! 外面太冷了,不会把命送掉吧?"

她正胡思乱想着,忽然发现了远处的亮光,像是星星在树枝之间闪烁着。她立即朝那个方向走去,走着走着,不知不觉就到了姐姐所说的林中空地。她看到,中间一堆篝火在熊熊地燃烧,周围坐着十二个兄弟,正在小声地议论着什么。

她一直走到篝火旁,顾不上向他们问好,先选了一个最暖和的地方烤起火来。十二个兄弟都不说话了,森林里静悄悄的,一点儿声音也没有。突然,一月老人用拐棍敲了敲大地,问她:

"你是谁? 从哪儿来的?"

"我从家里来。"后母的女儿说,"你们刚才给了我姐姐满满一篮子雪花,我是循着她的脚印找来的。"

"你的姐姐我们认识。"一月说,"可是我们从来没有见过你,你来找我们有什么事吗?"

"我想得到一些礼物。哪位是六月?请六月往我的篮子里装一些草莓,要大的,越大越好;请七月给我一些鲜黄瓜和白木耳;八月在哪里?请八月给我一些梨和甜苹果;请九月给我一些熟核桃。"

"你等等!"一月说,"从来还没有见过夏天抢到春天的前面,春天又抢到冬天的前面呢!现在离六月还远着呢。这个月,我是森林的主人,我要在这里管三十一天呢!"

"瞧你那副气哼哼的样子!"后母的女儿说,"我又不是来找你的!除了雪和霜之外,从你那儿得不到任何东西,我要找夏天的那几个月份!"

一月皱起了眉头,生气地说道:

"你怎么冬天跑来找夏天?!"

他挥舞起袖子,森林里顿时刮起了暴风雪。这时,天地之间一片昏暗,树木和那片林中空地全被遮住了,篝火也看不见了,只能听到木柴燃烧时发出的噼噼啪啪声。后母的女儿害怕了,她拼命地喊:

"快停下来!快停下来!"

暴风雪把她的头吹晕了,把她的眼睛吹瞎了。她气都喘不过来,一头栽倒在雪地里,被茫茫的大雪埋住了。

后母在家里等了又等，朝窗外望了又望，就是不见她的女儿回来。她又到门外看看，还是不见她的影子。于是，她穿上了厚厚的衣服，到森林里去找。可是，在这种暴风雪的天气里，在那昏暗的密林里，怎么能找得到呢？她走啊走，找啊找，最后也冻僵了。就这样，她们母女二人一起在森林的大雪里永远等待着夏天。

　　那个前妻的女儿一直好好地活着，她依然勤劳地每天挑水、洗衣、做饭。后来她长成了个大姑娘，嫁了人，还生了几个孩子。

　　人们都说，她家房子附近有一个世界上独一无二的、奇妙的花园。在那座花园里，花儿开放得最早，果子也最早成熟。那儿的梨和苹果汁水最多，味道最甜。在炎热的夏天，那儿很凉爽；在暴风雪的天气里，那儿没有一丝风。

　　大家都说："十二个月同时在女主人家里做客呢！"

　　会有这么奇妙的事么？也许真的是这样的吧。

会唱歌的苹果

[意大利]

从前,有一个自以为是的小牧羊人,常常以捉弄别人为乐趣。

一天,在他去放羊的路上,有一位妇女头顶着一篮鸡蛋从他身边经过。小牧羊人看她小心翼翼的样子,觉得很可笑,于是随手从地上捡起一块石头,瞄准这个女人头顶的篮子扔过去,将鸡蛋打了个稀巴烂,小牧羊人在一旁得意地哈哈大笑。

可怜的女人气坏了,高声咒骂:"这些鸡蛋我要卖掉给我的孩子们换牛奶喝的。现在,看看你这个坏心眼的孩子干的好事!我诅咒你这辈子再也长不大了,除非你能找到有三只会唱歌的苹果的巴格丽娜!"

话音刚落,小牧羊人马上缩了一圈,变得又瘦又小。这个女人的咒语真的灵验了!

小牧羊人回到家,妈妈看见又干瘪又瘦小的儿子又惊讶又心疼,于是比以前更疼爱他,变着样儿地给他做好吃的。可是越这样,他越瘦弱得厉害。他妈妈觉得很奇怪,再三追问:"你是不是做了什么坏事,被人家诅咒啦?"小牧羊人瞒不过,就把卖蛋妇女的事情说了出来。

妈妈听了后伤心地说:"你做了坏事,理应受到惩罚。现在看来你只能去找可爱的巴格丽娜了。记住,在路上千万别再恶作剧了,不然你就再没有长大的机会了。"于是,小牧羊人离开妈妈上路了。他牢牢记住了临走时妈妈说的话。

走着走着,他来到一座桥上,看见一个袖珍的小女人坐在榛子壳里悠闲地摇晃着。见到小牧羊人走过来了,就对他说:"这是谁呀?能麻烦你过来帮我挡一下太阳吗?阳光照得我头晕眼花的。"

"我是你的朋友,我来帮你。"小牧羊人说着,举起一只手,帮她挡住太阳。"啊,凉快多啦。谢谢你!请问你要上哪儿去呀?"小女人神色愉悦地问他。

"我要去寻找可爱的巴格丽娜,她有三只会唱歌的苹果。你知道她在哪里吗?"

"对不起,我不知道。不过你可以带上这块石头,早晚你会用得着的。"

小牧羊人接过石头,道别之后继续上路了。他走到一座桥边,又看见一个袖珍的小女人正在一个蛋壳里洗澡。"那边是谁啊?能麻烦你把毛巾递给我吗?"小女人问。

"是你的朋友,我愿意帮你。"于是他把毛巾递给了小女人。
"啊,你太好了。你要到哪儿去啊,朋友?"小女人和颜悦色地问道。

"我正在寻找可爱的巴格丽娜,她有三只会唱歌的苹果。你知道她在哪里吗?"

"哦,对不起,我不知道。不过你可以拿走这把象牙梳子,也许会对你有点用。"

小牧羊人拿过梳子,继续往前走。不久走到了一条小溪旁,看到一个人正在将小溪上空飘浮的雾装入袋子。小牧羊人上前帮忙。他问那人是否知道巴格丽娜,那人回答说自己并不知道。他送给了小牧羊人一袋子雾,说总会用得着的。

小牧羊人继续赶路。他走到一座磨坊旁,磨坊主是一只会说话的狐狸。小牧羊人帮他推了磨。狐狸很感激,对他说:"我知道巴格丽娜在哪里。你一直走,进到前面那座房子里,然后会看到一只鸟笼,笼子上挂着许多小铃铛,里面就放着会唱歌的苹果。你要留神看管它们的老婆婆,如果她两眼睁着,说明她睡着了;如果她两眼闭着,那她肯定醒着。"

按照狐狸的指点,小牧羊人没多久就来到了那座房子里,看到了老婆婆,她的两眼正闭着。"小伙子,"老婆婆说,"你能帮我梳梳头发吗?找找里面有没有虱子,我的头痒得厉害。"

小牧羊人掏出第二个小女人送他的象牙梳子,给老婆婆梳起头来。"真舒服呀,这可真是把好梳子。"老婆婆说着说着,眼睛睁开了,小牧羊人立刻意识到她睡着了。

他急忙摘下鸟笼,带着就往外跑。可是鸟笼上的铃铛叮叮当当地响了起来,把老婆婆惊醒了,她马上派出一百名骑兵前来追赶。眼看就要追上来了,小牧羊人情急之下想起口袋中第一个小女人送的石头,赶紧掏出来,向冲在最前面的骑兵扔了过去。石头落地变成了一座大山,骑兵们撞到大山上,折断了腿。

老婆婆马上又派出了两百名骑兵。骑兵马上就要追上来了,小牧羊人掏出梳子,扔向追来的骑兵,他们的脚下立刻出现了一条闪着寒光的冰河,于是他们全都跌倒在滑溜溜的冰河上,起不来了。

老婆婆又派出了三百个骑兵追来。小牧羊人口袋中只剩那一袋子雾了,于是掏出来,向追来的骑兵们撒去。他们一下子全都罩进了浓重的黑雾中,晕头转向,失去了方向。

又向前跑了一会儿,小牧羊人口渴了,就将手伸到鸟笼里掏出一只苹果来,刚要掰开,这时他听到一个细弱的声音:"请你轻一点儿,别伤着了我。"小牧羊人轻柔地掰开苹果,看看没有什么异样,就小心地吃了一半。

回到家附近的一座水井旁,他坐下来休息,想把那半个苹果也吃了。伸手往口袋里一掏,竟然掏出一个很小很小的姑娘来。"我就是可爱的巴格丽娜。我饿了,我喜欢吃饼,请你去拿只饼来给我吃。"美丽的小姑娘对他说话了,声音像唱歌一般悦耳动听。

　　小牧羊人又惊又喜,赶紧跑回家去拿饼。可是他刚走,就有个村里人来打水,见到了井边袖珍的巴格丽娜,那人大惊失色,不管三七二十一就把她推到井里去了。

　　小牧羊人举着饼飞奔回来,却怎么也找不到巴格丽娜,不禁悲伤地哭了起来。

　　晚些时候,小牧羊人的妈妈来井里打水,打上来的水里有一条小小的鱼。她把小鱼带回家做成了菜,母子俩吃了鱼,随手把鱼骨头扔到了窗外。没多久,扔鱼骨头的地方长出了一棵树,树越长越高,后来把整个房子的光线都遮挡住了。于是小牧羊人把树砍倒,劈成木柴后搬进屋里。再后来,小牧羊人的妈妈去世了,他独自一人住在这里。他的个子依旧小小的,不管怎样,他总是长不大。他每天外出放羊,晚上回家。可是,后来他每天回到家里时,发现早晨用过的锅碗都已洗好了,这太奇怪了,他想不出是谁在帮他做这些事。

　　有一天他假装出门,却偷偷地躲在门后。他看到从柴堆里出来一位美丽的姑娘,姑娘开始洗锅碗,打扫房间,干完这些后她打开食橱,拿出饼来吃。

　　小牧羊人从门后跳出来,上前问道:"你是谁?怎么进到房间里来的?"

　　"我就是巴格丽娜呀,"姑娘回答道,"就是你吃那半只苹果时看到的姑娘。我被人扔进井里,变成了鱼,接着又变成鱼骨头被丢在窗外。我又从鱼骨头变成树,最后变成了你所劈的木柴。你每天外出放羊的时候,我就变成了巴格丽娜。"

小牧羊人重新找到了可爱的巴格丽娜。他的个子开始飞快地长,巴格丽娜也随着他一起长大了。不久,小牧羊人就成了一位漂亮的年轻人,跟可爱的巴格丽娜结婚了。

灰额猫、山羊和绵羊

[俄罗斯]

从前,在一个农家院子里,住着一只山羊、一只绵羊和一只长着灰色前额的猫。它们十分友爱,即使只有一把干草,也平分来吃,从不因食物而争斗。山羊和绵羊很守规矩,惩罚很少落到它俩的头上。主人要打的话,也总是追打那只猫。那只灰额猫无时无刻不在做些坑蒙拐骗的事儿,只要主人吃的东西没藏好,它就要偷吃。

有一回,山羊和绵羊两个正躺着谈心呢,那只猫不知从哪儿钻了出来,凑到它俩跟前。这只前额长着灰色毛发的猫,平时总喵喵喵地叫个不停,这会儿它哭得很伤心,嘴里还叨叨着什么。

山羊和绵羊问道:

"小猫啊小猫,可爱的灰额猫,你为何哭得这么伤心? 你的腿怎么了,为何用三条腿跳着走路?"

174

"我怎么能不哭呢？女主人太狠毒了,她刚刚打了我一顿,扯破了我的耳朵,打伤了我的腿,还说要绞死我!"

"你犯了什么错她要这样对待你?"

"我,我吃光了她的酸奶油!"

山羊和绵羊摇了摇头。平静片刻后,猫又咪咪咪地哭起来。

"小猫啊小猫,亲爱的灰额猫,你怎么又哭了?"

"我怎能不哭呢?那婆娘打了我一顿后,还说:'女婿马上要来家里做客了,可家里连酸奶油都没有,怎么办呢,只好宰杀山羊和绵羊待客了!'"

山羊和绵羊一听,立马同时咆哮起来:

"哎呀,你这只该死的灰额猫,你这个冒失鬼!你闯下了滔天大祸,连累我们也被判了死刑!你为什么要害我们啊?我们顶死你算了!"

灰额猫连忙认错,大哥二哥地叫,一再恳求它们饶了它。山羊和绵羊见它言辞恳切,也就不再跟它计较了。然而情况危急,它们仨得赶紧想办法保住性命,于是它们把脑袋凑在一块儿商议起来。

"喂,二哥,"猫对绵羊说,"你的脑门儿不是很结实吗?你向来是这方面的高手,你去顶顶院门吧,没准能把它顶开。"

绵羊一跃而起,助跑了一小段路后,用力朝院门顶去——闩好的院门晃了晃,可是没有开。

"喂,大哥,"猫又对山羊说,"你的脑门儿不是很结实吗?每次

175

与别的羊顶牛你都能赢。现在你试试看,能不能顶开院门。"

山羊一跃而起,一段快速的助跑,然后用尽平生之力朝门冲去——紧闩着的院门被顶开了。

门外田野的芳香气息扑面而来,绿油油的草地向远处延伸,无边无际。山羊、绵羊撒了欢儿,玩命儿地向前奔跑,灰额猫跟在它们后面,用三条腿跳跃着前进。

很快灰额猫就跟不上了,央求道:

"山羊大哥、绵羊二哥,别落下弟弟呀!"

山羊回头抱起瘫在地上的猫,把它放在自己的背上。它们越过山岭,经过草甸,穿过流沙,越跑越远。

它们跑了很久很久,昼夜不停,只要还有一丝力气,就坚持着迈步向前。

后来,它们跑到了一个陡峭的山坡上,找到了一处勉强可容身的休息地。陡坡下面是大片收割完庄稼的田野,遍地竖着的干草垛使整个田野看起来像座小型城市。

山羊、绵羊和猫决定停下来歇歇脚。

这时已是深秋,夜晚寒气凛冽,在山上露宿没有火是不行的。可是到哪里去取火呢?

山羊和绵羊凑在一起商量取火的办法,还没商议出结果,灰额猫已经转悠了一圈回来了。它带回一捆白桦树的树皮。它走到山羊跟前,碰碰山羊的角,嘱咐它跟绵羊对撞前额。

山羊和绵羊用力一撞——撞得两眼直冒金星！火花四溅，白桦树皮燃着了。

它们生起了火，围坐着烤火。

身体还没烤热呢，这时从它们身后传来了脚步声。回头一看，来了位不速之客——一头熊。

"我叫米哈伊洛·伊凡诺维奇，想烤烤火休息一下，行吗？我已经精疲力竭了……"

"快过来跟大伙儿坐一起暖和暖和吧。伊凡，你这是打哪儿来呀？"

"我从蜜蜂园子来。我到那里吃蜂蜜，跟养蜂人干了一架。"

它们四个聊起天来，一起熬这深秋的长夜，后来它们睡觉了：熊睡在干草堆下面，猫蜷在草堆上面，山羊和绵羊则睡在火堆旁边。

大家刚刚合上眼，突然来了七只灰狼，不，八只——还有一只浑身白毛的狼，是头领——它们径直朝草堆这边走来。

山羊和绵羊见狼来了，吓得魂不附体，咩咩地呼喊救命；灰额猫却临危不惧，镇定地站起来，发表了一通讲话：

"啊，尊敬的白狼大王陛下大驾光临，我们没有前往迎接，请您多多包涵。白狼大王如果想与我们兄弟比试，我们愿意奉陪，可是您千万别惹怒我们的大哥，它脾气不好，不怒则已，一旦发怒，后果谁也担当不起。您看见它的那把胡子了吗？那里面藏着无穷无尽的力量，它用这个利器，杀死的野兽不计其数。至于它的尖角，只用来剥野

兽的皮。我建议您还是恭恭敬敬地走上前，向它请安为好。您可以对它说：'本大王仰慕已久，今日比武不必劳您大驾，我们只希望跟您的小弟弟玩玩，比比力气——喏，就是躺在草堆下面的那一位。'"

这群狼见猫镇定自若，说得有条不紊，便向它鞠躬致意，随后转身围住了草堆下面的熊，准备与它较量一番。熊见对方数目众多，不想与它们发生冲突。它努力克制自己，一步步退让，但群狼步步相逼。熊被迫无奈，只好鼓起全身力气，一手抓起一只狼，高高地举到头顶！群狼见这位"小弟弟"也有这么大的力气，都吓坏了，一哄而散；那两只被举起的狼好不容易挣脱开，也夹起尾巴飞快地逃走了。

山羊和绵羊则趁群狼围攻熊的当儿，护着灰额猫，一同往森林中心地带跑。

没跑出多远，它们又碰到了一群灰狼。

灰额猫迅速地爬上一棵枞(cōng)树，一直攀爬到树顶。山羊和绵羊也用前腿钩住枞树的树枝，将身体挂在树上。

几只狼站在枞树下面，望着它们，咻咻地磨着牙齿。

灰额猫见形势危急，便先发制人，主动进攻。它摘下球形的枞果，扔向狼群，嘴里喊道：

"一只狼，两只狼，三只狼！这几只都给哥哥吃。我还饱着呢，刚才那两只狼还在我肚子里没消化。大哥，你刚才说要捉几头熊来当早餐，我看不必劳驾去找熊了，树下有送上门的美食，就把这几只狼吃了吧，我该得的那份也给你。"

话音刚落,这时正好山羊挂在树上的脚松了,它的羊角冲下,对着狼群一个倒栽葱下来。猫见此情形,立即大声嚷嚷起来:

"快捉住它们! 一只也别留!"

狼们吓得四散奔逃,转眼间消失得无影无踪。

灰额猫、山羊和绵羊则继续前行。

【阅读探究】

读完这12篇外国民间故事,你有没有发现,各国民间故事的味道虽然有些不同,但也散发着一些共同的气味?

比如以人类为主角,但是借助神力来实现人类难以实现的愿望:伊朗故事《孩子和三色鱼》中,三色鱼帮助穷人实现了物质上的满足,却失去了精神上的愉悦——这和著名的俄国民间故事《渔夫和金鱼的故事》主题十分相近。比如泰国的《想当太阳的小狗》和印度尼西亚的《鳄鱼和扁角鹿》,都是以动物为主角,用动物的口吻叙述故事。再比如《宝贵的话》里的两家主妇,一个贫穷但乐善好施,一个富有却刻薄吝啬;《十二个月》里勤快的被虐待的大女儿和懒惰的被溺爱的小女儿,这些都是通过一系列的鲜明对比,体现善有善报恶有恶报的结局。但无论是借助动物口吻还是借助神力,这些超现实的故事其实讲述的都是人类社会中发生的典型事件,借此表达的是对人类社会的认知。

相似的故事题材,相近的人物形象,相同的人性反思,相通的

主题意蕴，流传在不同的国家民族的土地上，就构成了今天我们看到的丰富多彩的民间故事。为什么一个故事类型会流传在多个国家或民族地区呢？因为这些千百年流传下来的民间故事，最能反映人类共有的情感。民族和国家虽然不同，但是人类喜怒哀乐的情绪是相通的，对待美好事物的追求是一致的。这些元素通过民间故事传递出来，体现了人类心理的共同性。

看到这里，你是不是有点明白了？读民间故事不仅仅是看丰富多彩、跌宕起伏的情节，情节之美只是故事这朵花中的一朵花瓣，你还要读一读人物形象，读一读故事中的社会背景，读一读故事中呈现的人性，在这里，你看到了形形色色的人生，看到了现实世界的缩影，看到了历史长河中世界人民共同的美好的祈愿。

这里选的12篇外国民间故事，不过是世界民间故事浩瀚宇宙中璀璨的几颗星。在世界民间故事的大宝库中，故事是非常非常丰富的。通过这些故事，你可以了解不同民族、不同文化的性格和特点，更好地融入世界，同时从世界的角度更好地理解我们自己的文化，成为世界的中国人。

外国民间故事流传的版本是用不同语言写作的，如果你还会其他国家或者民族的语言，也欢迎你找来这种语言的版本读一读，同样的故事，用不同语言来讲述，味道会大不一样呢。

阅 读 交 流

一、和家里的长辈聊聊民间故事,请他们给你讲一个他们小时候听过的故事。

二、这本书的民间故事中,你最喜欢哪一篇呢?如果让你来讲,你可以绘声绘色地用自己的语言讲给别人听吗?也许你还读过本书之外的民间故事,也可以讲给大家听听。

三、你认为在这本书中,最善良的人是谁?最勇敢的人是谁?最聪明的人是谁?……请你为他们设计一个奖项,写一段颁奖词。

四、在中国民间故事和外国民间故事中,你觉得哪两个形象是特别相似的呢?试着将他们比较一下。

五、假如你是一位导游,工作地点或在赵州桥,或在杭州西湖,或在蓬莱岛……如果在导游词中加入一段民间故事,游客一定会为你鼓掌。查阅相关资料,为一个景点设计一段带有民间故事的解说词。

六、比较同一故事的不同表现形式,口头的、书面的、评书的、戏曲的、电影电视剧的……看看这些不同的艺术形式在表现同一故事时,有怎样不同的特点。

七、民间故事对我们的语言有很大影响,在成语、俗语、歇后语、对联、谜语和诗词中都有民间故事的影子。请举一例,加以说明。

如:成语:卧薪尝胆　洛阳纸贵　害群之马　邯郸学步

俗语:宰相肚里能撑船　照葫芦画瓢　狗咬吕洞宾

歇后语:八仙过海——各显神通　包公断案——铁面无私
吴刚伐桂——没完没了　白娘子喝雄黄酒——原形毕露

对联:华佗戏五禽,延年益寿;
　　　神农尝百草,祛病除灾。

　　　有志者事竟成,破釜沉舟,百二秦关终属楚;
　　　苦心人天不负,卧薪尝胆,三千越甲可吞吴。

八、民间故事影响广泛,在绘画(如年画、版画等)、剪纸、雕塑、书法、音乐等艺术形式中,常常作为创作的主题。请从本书的插图中选择一幅你喜欢的介绍给大家。

九、现代社会生活中的旅游产品、文创产品、日常用品中也常见有民间故事的元素,比如购物袋、食物包装、书签、笔筒、笔袋、折扇、U盘、手机壳、钥匙扣、扑克牌、鼠标垫、能讲故事的台灯等等。你能尝试把民间故事的元素融入产品设计中吗?

十、下面是一组四枚邮票设计《牛郎织女》。请根据邮票的提示,扩写成一篇故事。